青春作伴

閱讀名家書寫人生

馬琇芬——主編

許如蘋　邱永祺
黃雅琦　洪瓊芳
林宏達　馬琇芬
李宗定——合撰

麗文文化事業

■ 國家圖書館出版品預行編目資料

青春作伴一閱讀名家書寫人生／許如蘋, 邱永祺, 黃雅琦, 洪瓊芳, 林宏達, 馬琇芬, 李宗定合撰；馬琇芬主編. --初版. --高雄市：麗文文化事業股份有限公司, 2019.09.
面； 公分
ISBN 978-986-490-185-2(平裝)

1.國文科 2.讀本

836 110015516

青春作伴一閱讀名家書寫人生

初版一刷・2021 年 9 月 初版二刷・2022 年 9 月

主編 馬琇芬
撰者 許如蘋、邱永祺、黃雅琦、洪瓊芳、林宏達、馬琇芬、李宗定
（依章節順序排列）
封面設計 余旻禎
發行人 楊曉祺
總編輯 蔡國彬
出版者 麗文文化事業股份有限公司
地址 80252高雄市苓雅區五福一路57號2樓之2
電話 07-2265267
傳真 07-2233073
網址 http://www.liwen.com.tw
電子信箱 liwen@liwen.com.tw
劃撥帳號 41423894
購書專線 07-2265267轉236
臺北分公司 10045臺北市中正區重慶南路一段57號10樓之12
電話 02-29229075
傳真 02-29220464
法律顧問 林廷隆律師
電話 02-29658212

行政院新聞局出版事業登記證局版台業字第5692號
ISBN 978-986-490-185-2 (平裝)

麗文文化事業

定價：340 元

序

實踐大學應用中文學系助理教授馬琇芬

大學階段，是青春正盛的年華，是情感洋溢的歲月。

大學國文，該是青春的沃土、情感的源泉，引導學子探索生命裡的苦與樂、品味生活中的悲與喜。

本校於一〇四學年度參與教育部「全校型中文閱讀書寫課程革新推動計畫」時，由本學系教師共同編輯《揮灑生命的五色筆——走進悅讀與舒寫的世界》一書，做爲大一國文教材，以「生命關懷」爲核心，分爲「個人」、「家庭」、「社會」及「死生」四個主軸。經過五年的教學經驗與學生回饋，奠定深厚的基礎，才能有一一〇學年度《青春作伴——閱讀名家書寫人生》的出版。

「青春作伴」有兩個意涵：其一，取青春韶光相伴共學之意；其二，以杜甫七言律詩〈聞官軍收河南河北〉中「白日放歌須縱酒，青春作伴好還鄉」爲典故，藏「放歌」、「縱酒」的欣喜之情，喻大學生浪漫、氣盛的韶華，並轉化「好還鄉」之意，延伸省思生、老、病、死之哲思。

本書仍以「生命關懷」爲核心，課程由本學系教師共同規劃爲八個單元，並分別編寫教材。各單元主筆如下：「童年回憶」許如蘋、「青春藍圖」邱永祺、「情感學分」黃雅琦、「親情羈絆」洪瓊芳、「族群故事」林宏達、「百工職志」馬琇芬、「疾苦之華」馬琇芬、「死生契闊」李宗定。

八個單元如生命的光譜：由天真爛漫的童年，朝向滿懷夢想的青春；由渴求認同的愛情，看見愛恨糾葛的親情；由族群文化的薰陶，反思個人職志的選擇；由人間疾苦的體悟，覺察生老病死的奧義。

文學，從來不是在架空的世界裡低吟，而是在時光之流裡淘洗生命的精華；大學國文，不再是以作者與作品爲主的知識性學習，而是以探索自我的主動力與關懷他人的互動力爲主的學習。本書選編古今名家作品，引導學生閱讀並思考文字中所透顯的智慧，每篇作品猶如一扇生命之窗，豐富學生的心靈視野。在充分的閱讀與思考之後，透過表達：分享自己的人生故事，經由書寫：反思個人的價值觀念，從而成就「爲生命詮釋意義」的能力。

目次

目次

1

童年回憶

許如蘋撰稿

主題

在童年的故事中，尋找純眞的回憶。

學習目標

一、自我覺察

每個人的心裡都有個童心未泯的孩子，曾經的你也曾好奇心旺盛、想像力豐富、精力充沛地探索這個未知的世界。那些你最喜歡的玩具、最愛看的漫畫、最愛吃的零食、最要好的朋友，是否隨著回憶湧上心頭？當時的你一雙充滿眞心的眼睛，正溫暖的寫著自己的故事。讓我們一起回味童年，重新以孩子的角度，找回對於自我人生的初衷。

二、生命情感

孩提時光，我們都有一顆純淨的童心，為了一隻蜻蜓而開心不已，為了一顆球而奮不顧身，為了壞掉的布偶、丟失的玩具而傷心哭泣。成為大人後，汲汲營營於生計，早已忘記童年最初的感動。然而，那些曾經的過往仍在我們心靈底層，也許停下腳步，傾聽自我的聲音，會發現你喜歡的人物、偏好的口味、喜愛的讀物、熟悉的言行，都藏著童年的最初。讓我們從這些人、事、物，一起尋回沒有野心的童稚。

三、創造力

本單元透過作家追憶童年往事，帶領同學回味最初的眞心眞情。藉由圖文創作，回想童年歲月的吉光片羽，並且經由口語表達彼此分享。協助同學透過記述，貫串統整自我的生命歷程，進而思考成長足跡對於個體生命的意義與價值。

文本閱讀與引導

1〈永遠的小叮噹〉／張俐璇

◎閱讀引導

孩子們眼巴巴地盯著的是鬼滅之刃、角落小生物、漫威英雄？還是哆啦A夢？小時候的你我，都有個永遠的小叮噹陪伴著，在我們受傷哭泣的時候，讓我們擁有面對的勇氣。一起閱讀張琍璇寫給小叮噹的一封信，讓小叮噹是「永遠的小叮噹」，繼續在人生路上伴我們一同前進。

◎文本閱讀

親愛的小叮噹：

在我的心目中，你就和白先勇筆下的尹雪艷一樣，永遠不老。

我還是喜歡叫你小叮噹，雖然從一九九二年以後，你被大然出版社撫養開始，就改名叫做哆啦A夢了，但我還是喜歡也習慣叫你小叮噹，畢竟那個名字背後，意義完全不一樣。你是日本來的，但卻是台灣全民運動的產物，你或許不知道吧？我們喜歡的、熟悉的，是混血後的你。第一次認識你的時候，你叫做機器貓小叮噹，而我和大雄一樣，都是小學四年生。青文出版社說你是「最佳優良課外讀物」，金牌出版社也把你歸類在「好學生最佳讀物」，所以你進入我家的書櫃，跟漢聲中國童話坐在一起。說來也奇妙，坐在架上的你們，看來一點兒都不衝突，因為你曾經也有過西遊記。當然，長大後我才發現，那是台灣人自己的「原創」，在華仁出版社，除了內容原創，連編號也很有「新」意，給你編到一萬多號，拐我們小孩掏出零用錢，買下那誤以為的最新版。

其實我曾經打過電話給你，號碼是我在○・五薄本漫畫封底看到的，因為數學習題好難，蠶寶寶很噁心，可都是學校作業。我對著自己書桌的抽屜發呆，想到可以學大雄，請你幫個忙。電話是大雄接的，他說你回日本去了，過幾天再回電話給我。但是我從來沒接到你的電話，一度懷疑大雄心機很重，不願把你的道具分享給更多的朋友。

二○○三年的時候，你回到青文出版社的老家，老東家對過去的「黑歷史」現身說法，我才忽然想起有過這麼一通電話，原來小讀者服務也是台灣「自行創作」的一部份，眞是辛苦當年的本土漫畫家們。也感謝那個無「法」無天的年代，許多事意外地生氣勃勃，譬如在台灣的你，出現和大雄「拼死種地瓜」的劇碼，這是你在日本不會做的，是吧？不倒翁與貓的合體如你，就是如此具有人性而溫暖，即便異地也怡然。也難怪在二〇〇二年《時代》舉辦的票選活動裡，你成了亞洲英雄。

九月三日，是你的生日。你四十歲了，我也三十歲了。但我仍然對於你的口袋，你的法寶，時光機、縮小燈、任意門、竹蜻蜓、翻譯麵包……等有無限的想望，你可以笑我傻，竟然持續相信你老爸藤本弘製造出來的幻象；你也可以說我童心未泯，但這些那些原因，或許是來自於台灣的現況，二十一世紀了，仍有許多的困惑與匱乏，以致於在你身上，投射以更多的想像、期待而回望。

現在的我有日本原汁原味的哆啦A夢，規規矩矩，依法行事，與日本同步。但我還是想念你——永遠的台客小叮噹。

三十立不起來、四十很疑惑的台客上

——第三十三屆時報文學獎「書簡組：寫信給動漫人物」優選（不分名次）

刊載於《中國時報》週日旺來報「人間新舞台」，二〇一〇年十一月十四日

人物簡介：

小叮噹，也就是哆啦A夢，主要創作來自日本漫畫家藤本弘。一九九三年臺灣著作權法修訂前，也曾有本土漫畫家「參與創作」。

2〈王子麵之戀〉／甘耀明

◎閱讀引導

手捧著捏得碎碎的王子麵、一起討論漫畫，是作者小時候的一段回憶。這段童年回憶因爲漫畫的借閱而展開，因爲漫畫的歸還而畫下句點。作者六歲時，曾與一位小女孩相遇相識，共享一個春天，因而在心裡駐足了一輩子。如果當時沒有裝睡，也許會有不同的發展。人生裡也有著不期而遇，我們應當把握和珍惜這些得來不易的緣分。

◎文本閱讀

那年春天，我與一位小女孩在一起。她請我吃王子麵，我借她漫畫書，這事情太簡單了，卻一輩子忘不了。當時，我們都還是六歲的幼稚園小朋友，在共享一個春天後，就再也沒有相遇了。

如今想來，我根本不記得小女孩的模樣。她是長髮嗎？眼睛大嗎？皮膚是白是黑？是不是有些特殊的習慣，比如愛笑呀！或者因換乳牙而有一口爛牙呢？這我壓根兒都不記得。也許吧！她是有點瘦小，但我的記憶就這麼一點。我記得的她總揣著一包王子麵，放在斜揹的小書包裡，下課時拿出來，用小小的雙手捏碎方正的麵塊，再撕開袋口，取出調味包放入鹽粒、胡椒及碎蔥乾，坐在座位上品嚐。麵塊被壓碎時，像凝固的雲塊終於碎裂，發出淅淅唰唰的細微雨聲。撕開袋口的剎那，芳香的乾麵味洋溢，空氣中瀰漫一種快樂與期待，很有春雨入土的淡淡草味。就這麼一點味道，夠了，足足讓我漫長地懷想，如何與一位小女孩相遇的春天。

那年，全家從鄉下搬到苗栗市區，住在「南苗市場」裡的狹小樓房。我們睡在樓上的通鋪，樓下的店面則是母親裁縫的店面。每天一大早，我揹著小書包穿過南北貨行、雜貨店、雞蛋行、布店及濃腥吵雜的魚肆及肉鋪，沿著黑污油膩的街道，前往十五分鐘距離的大同國小附設幼稚園上學。課堂上，孩子們坐在排成口字型的椅子上，在格子好大的練習簿上寫下ㄅㄆㄇㄈ，思考：有一顆蘋果的籃子裡又放入一顆蘋果共有幾顆蘋果。十點的下課，老師教唱歌謠後，發放包子、饅頭、餅乾或綠豆湯，孩子們吵雜地吃點心，根本聽不到春雨落在屋瓦上的細索聲。

就這樣，在春雨細微遙遠的某個早上，小女孩來到了幼稚園。她讓一位老伯牽著入場，老師安排她坐在我對面的桌椅，跟著全班在格子好大的練習簿上寫下ㄉㄊㄋㄌ，思考：有兩顆檸檬的籃子裡又放入一顆橘子共有幾種水果。下課了，老伯牽著小女孩離開，穿過人聲逐漸乾淨的魚肆及肉鋪，走入「南苗市場」內的一家南北雜貨行。喔——原來小女孩住我家附近！於是，我們在上課時交換淡淡的眼神，注意彼此的存在。

在那段模糊的季節，她每天都有一包王子麵零食。她學會跟我分享，從袋內抓一把乾麵出來，我也很有默契的雙手合掬，承受那一把滋味。或者，她會留下袋內的幾口乾麵與剩餘的調味料，留我品嚐。小女孩會慷慨的與其他同學分享王子麵，還是只與我獨享？我也曾這樣嗎，帶著她在那如今拆掉改建爲活動中心的瓦房幼稚園遊玩嗎？一起玩蹺蹺板、地球儀或大象溜滑梯，或坐在後院種了幾株尤加利的樹下默坐，聽著蟬鳴隨時序入晚而嘩噪？不記得了，只記得有一回我犯錯，被老師罰站在教室中央，下課了，同學來來往往沒人理，我低頭不語。小女孩跑過來了，唰啦啦響著袋子，我下意識地伸手合掬。在衆人目光下，她勇敢的與我一起吃乾麵，如此勇敢。

同一條回家的路上，老伯牽著她走前頭，我只能走在後頭。有時候，她會回頭看我有沒有跟上，以調整她和老伯的腳步。終於在同條路的岔點上，我們分開了，回到各自的家庭與遊戲的國度。

那些充滿菜葉、骨渣、魚鱗與積水反光的街道安靜後，兩旁的商家開始湧出男孩，聚集在附近的文昌廟廣場遊戲。男孩們的遊戲霸道，不讓女孩加入，我們向來談論當時流行的卡通科學小飛俠，一號鐵雄，二號大明，跳過三號珍珍，接著討論四號丁丁，五號阿龍。每個男孩都有各自比附的小飛俠，因爲姓名的關係，我總是喜歡那位亦正亦邪、帶著不合群觀念的阿明。於是，我總是在那些男孩不注意時，離開他們，靠近小女孩的聊天。我有一本科學小飛俠漫畫本，翻閱不下數十遍，至今仍熟記其中的章節，我很高興將漫畫書借給小女孩，要一起討論。

有時候，我會在閣樓獨自戲耍，聽著母親在樓下踩裁縫機，一陣急速縫紉的針車聲便散開來。那天下午，小女孩跑來了，大喊：

「我找甘耀明。」

「誰？」

「甘耀明。」

「我叫叫看。」急索的縫紉聲停了，母親轉頭大喊：「甘耀明，有人來找你囉！」

我坐在樓上地板，是如此膽小與害羞，一句話也不敢回應。每次經過小女孩家，我總是遠繞而過，偷偷瞧著她在不在。沒想到她這麼大膽，直接到我家還漫畫書，更大聲呼喊我的名字。

母親叫了幾遍後，對小女孩說：「他睡午覺了。你找他什麼事呀！」

「我要還他漫畫書。」

唉！小女孩的聲音如此雲嫩，我只能伏在地板上聽著她與母親對話，彷彿伏在大岩堡上，捕捉時間的流泉如何穿越層層堅厚蕪漫的阻隔，一聲一字的在我耳蝸深處迴盪。是呀！我仍記得那天午後的全部對話，以及小女孩清楚叫喊我的名字，這是整部默片記憶中唯一軋出聲音的部分，然後又安靜下去，只剩光與影彼此駁雜。

這世界上是不是有一種時光機，像漫畫小叮噹中一樣，我只要拉開抽屜進入，坐上魔毯似的機器，穿過四周如超現實畫中軟糊鬆黏的時鐘，終於會回到那天下午。我會站在樓下，對樓上小男孩大喊：「我知道啦！你別裝睡了，趕快下來吧！」然後帶小男孩與小女孩，穿過積水的街道，到廟口的冰店吃上一碗冰粉圓或豆花。靜靜的，聽著小男孩與小女孩談話，或者小男孩始終安靜與害臊，只把冰品吃得聒響，剩下小女孩一直用雲嫩的聲音抱怨：「你裝睡，你裝睡，你裝睡……。」這樣，或許那個小男孩會記下更多的東西，即使是安靜溫柔的畫面也好。然而，這個世界沒有時光機，但時間卻持續運轉，不久後的某個午後，小女孩轉學到另一座都市，小男孩也慢慢長大了。長大的日子裡，小男孩，或者說男孩吧！總對那天下午的裝睡頻憾，他知道，那時應該從樓上的梯口懸出一顆頭顱，說：「呀！我沒裝睡。」然後又說：「我覺得妳很勇敢喔！竟然跑到我家來。」但只是事後諸葛亮的懷想，永遠帶著淡淡惆悵。

長大的男孩與女孩，會不會？曾經在某個地方相遇過而不知。會不會？在某班都市的捷運上，男孩正坐在女孩的對面，彼此相顧一眼後，眼神故意錯開，那種小時候不顧裝扮、容貌、身材及地位的相契相識畢竟不能延續下來，終究要錯開當初的記憶。會不會？在某個等紅燈的路口，男孩與女孩各自戴著全罩式安全帽，彼此看了一眼，微笑，再微笑，然後綠燈亮了，身後的一百台汽機車迫鳴，男孩與女孩不得不騎著機車前行，在彼此落差的速度中，終究要越拉越大。會不會？在某個戲院……。

這真的太像愛情小說的橋段了，但我竟然曾認眞地如此猜測與模擬。

我仍清楚記得最後一道關於小女孩的記憶。那時，我們在市場漫遊，在街廊的盡頭，有人大聲叫了我。我跑過去，那位男孩說：「你怎麼跟女生在一起。如果你跟她在一起，就不要跟我們玩。」我清楚記得這一句，但當時不知如何抉擇。我站在街廊的這頭，背後湧入的光在幾尺前便頓停，她站在遙遠的那頭，全然是一枚小小的剪影。那密閉的街廊，左邊第一家是鐘錶店，第二、三家是倉庫，第四家是賣廉價化妝雜品的；街廊右邊是牆，掛滿各種形狀的時鐘，絕不是超現實主義中那種軟糊鬆黏的樣子，秒針還滴滴答答響著，一格格往前跳動。

她眞的期待我一起遊市場，如此專注。

我也是如此期待與男孩們一起遊戲，扭頭便走。我知道，明天或後天，我們還會這樣在一起，分享一包王子麵或討論一本漫畫書。

但是，沒有了，往後的春雨中都沒小女孩靠近的影子了。

我是認眞想過她的……。

選自《作家的愛情》，臺北：木馬文化，二〇〇四年

3〈樣仔青的滋味〉／蔡文章

◎閱讀引導

來自岡山的鄉土作家，遊賞岡山著名景點月世界。途經阿蓮小鎭，因見路邊婦人販售樣仔青，回味起物資缺乏的年代，母親也曾製作這樣的滋味。文中情人們吃樣仔青的畫面，是情人果刻骨銘心的酸勁。將爲人父的男子，小心翼翼地扶著孕婦買下的是樣仔青美好滋味。更值得的是作家買回自己童年的記憶。

◎文本閱讀

到月世界去賞景，途中路過阿蓮小鄉，在路邊攤發現有個老婦人在賣樣仔青，我停下車來，在攤前流連忘返。

一簍筐一簍筐的樣仔青，一粒粒綠得泛油，老婦人手中削刀飛快地削著，削掉薄皮，從中剖半，刀尖剜去核仁，一切四瓣，丟入水桶浸水，然後撈起裝入大塑膠袋裡，乾淨俐落，不拖泥帶水，看得我入了神，恍惚中、幻覺裡，將我帶回了童年的故鄉。

台灣光復後的那些物質匱乏的年代，小孩子除去正餐外，少有額外的零嘴；而樣仔青就是其中一種。我住的南部小鎮，樣仔樹是常見的果樹，從初春開花，四、五月青皮的小果（俗稱樣仔青）纍纍掛枝頭，引得小孩垂涎。小孩搆得著的就採摘起來，搆不著的就棍棒齊揮或土丸石子滿天飛，樣仔青一粒粒地掉落下來，孩子們常搶成一團，我多少也會搶到一些，但很少就地吃掉它，因爲那種酸的滋味常使人皺眉頭，擠出眼油，所以我都帶回家讓母親加著料處理。每次母親看我帶樣仔青回來先是一頓斥責，隨即疼惜地一邊說少在外頭野，一邊從廚房拿出小刀、醬油、白糖來。母親將樣仔青剜去核仁、剖成四瓣，放入水中清洗，撈起醮著醬油滲白糖拿給我，酸甜的味道，吃起來很過癮。母親一瓣也捨不得吃，都看著我把它吃完……

「歐巴桑，買二十元樣仔青！」

我驚醒過來，看見一對情侶正拿著兩個十元鎳幣，老婦人一手接錢一手遞給一包樣仔青：女的馬上一口接一口很帶勁的嚼起來，男的皺著眉說好酸，女的使個眼色糗他，然後拿自己那支牙籤插了一瓣沾有著料的往男的口中送，這一幕使我了解爲什麼有人把樣仔青又叫「情人果」的意義，而另有人叫它「相思果」，大概是那酸勁叫人刻骨銘心吧！

這對情侶搭肩離開後，又來了一對夫妻。男的說：「阿嬸啊！買一百元樣仔青！」

我看那個女的肚子微凸，心想是孕婦害喜吧！

「你某抹呷呢！賣你較俗咧！」老婦人稱好後又加上一些遞給男的，男的小心翼翼地又給女的，然後男的扶著女的走了。

「歐巴桑，我買二百元！」我也等不及了，因為齒臼隱隱的酸起來。老婦人瞪著我，她一定奇怪，眼前這個大男人怎麼也喜歡吃樣仔青，其實，我是喜歡吃，但買回一些童年記憶更值得啊！

——原載於一九九〇年九月二十三日《自立早報副刊》

選自《泥土味淡淡香》，高雄：派色文化，一九九一年

4〈當火車走過〉／廖玉蕙

◎閱讀引導

小小的身子，在榕樹下，聽著火車汽笛，追逐台糖小火車。少女時期的搭火車通勤，上了大學離家返家，火車的汽笛聲都在回憶中鳴響著。時至今日當火車走過，作家仍要駐足凝眸。那先火車而至的拔尖汽笛聲，早已成為記憶裡最為美麗的聲音。因為作家想溫習一下幼年時的習慣，招一招手，想一想父母親的愛，兄姊的情，還有那一段永遠不褪色的童年往事吧！

◎文本閱讀

當火車走過，不管在人聲嘈雜的西門鬧區，抑或空曠荒僻的鄉野，我總是凝眸再三，癡癡地目送它巍然遠去。而童年往事，往往就在隆隆的車聲裡漸次展開，像一張張交疊的畫片，爭先恐後的躍上腦海。

上小學以前，我們住在鄉下老家三合院的房子裡，正廳對面，是一塘池水，池塘外的大門邊兒，則是一株鬱茂的老榕樹。樹下閒閒地散置了些大石塊。在哥哥姊姊都上學去的時候，我多半坐在石塊上，對著綠油油的稻田發呆。一望無垠的稻田中間，夾藏著一條運送甘蔗的臺糖小鐵路。小小的火車踽踽獨行在碧綠如茵的稻田中，另有一種動人的風姿。而在單調乏味的獨處時光裡，憑空拔起的汽笛聲及弓背慢行、一步一喘的小火車，在記憶中，確曾帶給我許多夢想。我常沉浸在哥哥姊姊講述的童話故事裏，假想著自己坐上小火車到處去流浪。而這種既不知起站又不知終點的無止盡的神遊，確實頗能滿足我孩提時期愛幻想的毛病。

傍晚時分，上學的人都放學回來了。小火車的笛聲乍一揚起，所有小孩便不約而同的從三合院的各個角落竄出，滾動著眼珠子，虎視眈眈的在鐵道旁站定。有時，火車飛快馳去，眾人無機可乘，便意與闌珊的做鳥獸散。多半時候，小火車總是一步一蹶、氣喘如牛的爬行，猶如重病的老人。這時，比較大些的孩子就大膽的靠近車身，奮力抽取捆綁在車子上的甘蔗，年紀較小的孩子則在一旁搖旗吶喊。火車過後，幾乎人人都有滿意的斬獲。童稚的心靈，沒有太大的野心，只要能抽取到一、兩支，便歡天喜地，然而，在這每天例行一次的突擊行動裏，除了危險的顧慮外，還得隨時提防守車員狠命的追逐。也不知道，到底是守車員只是志在嚇唬不在逮人，或是小鬼們的確太過機靈，似乎也從來沒有人被抓到過。而類似的追逐，倒彷彿成了黃昏裏另一種生趣盎然的景致。

有一回，二哥奮力一拉，居然整捆甘蔗應聲而下，把一旁加油的我，看得目瞪口呆，一時之間，覺得恐懼萬分，竟害怕得大哭起來，把所有人都嚇得拔腿就往回跑。後來，這捆甘蔗被偷偷藏匿在床底下。白天，我每隔一段時間，就趴在地上，偏著頭往床下看，見那麼一大捆已經鬆綁的甘蔗直挺挺地躺在那兒，總覺得大禍即將臨頭，惶惶終日。原來，超乎期望的非分，竟是如此教人無法安心！

上小學一年級時，我們搬離了老家。新房子坐落縱貫道旁，前臨公路，後傍鐵道。終日車聲隆隆。那時，電視尚未開播，爸爸每天固定收聽收音機裡的說書。收音機放在客廳和書房的隔間邊兒。我從小熱衷於聽故事，雖然，因爲升學競爭得如火如荼，母親嚴格禁止我們偷聽。但是，我禁不住誘惑，經常把書本豎在書桌上作狀，一邊防範母親的腳步聲，一邊把耳朵貼在牆壁上，偷聽音量放得極低的故事。常常在緊要關頭，汽笛長鳴，接著如雷貫耳的車聲，排山倒海而至，往往使我錯失了最精彩的片段，而忍不住扼腕嘆息。而更糟糕的是，母親常藉震耳的車聲掩護腳步，進行突擊檢查，行跡敗露，少不得挨一頓竹板子。

在噪音的隙縫裡討生活，最大的影響還不在於嗓門的提高，而是對生死存亡的看待。

家後面，除了縱貫鐵路外，緊貼著後門，另有一條通行得不太頻繁的小鐵道。印象中，一天大概不定時來回兩趟。日子一久，附近人家都能準確的辨識兩種車輛的不同笛聲。當時，飼養家禽的風氣甚盛，平常雞鴨多在小鐵道上悠遊行走，小火車汽笛一響，人們便放下手上的工作，火速衝向後門，趕回自己飼養的雞鴨。然而，手腳再是俐落，仍常有雞鴨走避不及，當場罹難。全家便在悲傷的氣氛下進行晚餐。傷心的不僅是親手飼養的家禽橫死，在那樣艱難的歲月中，恐怕更多的是對生計摧折的憂心吧！

雞鴨固然常遭不測，身爲萬物之靈的人類又何能倖免。一天，我從學校放學回來，放下書包，奔到小鐵道上練習走鐵軌。不經意瞥見一張竹蓆被丟棄在鐵道旁的石子上，小小年紀的我，不知天高地厚，竟玩笑般地把它一把掀了開來。死在鐵道上的人鮮有全屍，一聲慘叫過後，我白著臉，跌跌撞撞地衝回家，足足病了一個月，天天做噩夢。一直到現在，我仍然對草蓆心存戒懼。

公路上、鐵路邊，長年有不小心的人慘死輪下，家屬們呼天搶地的哀號常引得人心酸落淚。然而，這樣的刺激終究也會麻木。看多了死別的場面，慢慢領悟到人生原如朝露，生和死，不過一線之隔，而死，也不過是生命過程中的一個必然的階段。到後來，我已經被頻仍的事故訓練得連看到前來超渡亡魂的遺屬們痛哭失聲，也不再會掉一滴眼淚了。

一回，我和爸爸站在後門，從疾速轉動的車輪下，彷彿看見什麼東西從車上落下。車子馳過後，爸和我飛奔前去，發現一名高工男生被摔落到田裏。原來，高工學生在學校學釘了一張小板凳，大概車上已無空位，就把板凳放在車子中央坐下，遇到一個大轉彎，被離心力離出。幸好，稻苗正長，沒有摔死，只昏了過去，爸趕緊送他到醫院急救，才沒有造成悲劇。記得，學生的母親後來抓了隻大白鵝來向爸爸致謝。父親、母親和那個女人站在大門外的夕陽裏，拉拉扯扯大半天，白鵝一旁躁急地呱呱叫。如今也不記得，到底最後是誰的力氣大。

初中和高中，上的是臺中女中，必須坐火車通學，也不知道怎麼搞的，似乎每天都在趕車子。縱貫鐵路在靠近我們家那一段有個急轉彎，火車一到那個轉彎處，必先鳴笛示警。每天早上，我幾乎都要磨菇到火車鳴笛後，才含著一口飯開始起跑，總是在最後一秒鐘才勉強擠上。而說也奇怪，和火車足足賽跑了六年，居然一次也未曾趕脫過，現在想來，眞是不可思議。

擠火車是個可怕的經驗，車子擠成那個樣子而居然從不考慮加掛車廂，也是我至今仍百思不得其解的。常常，我一隻腳懸空，只有一個腳尖踮在車門的階梯上，一手掛在門把，另一手只能搭在同學的手腕上，大半個身子露在車門外，一路掛到臺中車站。臺中到潭子，又聽說正好是縱貫鐵路上最長的一段距離。一路上，險象環生，遠遠看見路旁林立的電線桿直刷過來，整個身子急忙往裏一縮，躲過一劫又一劫。更甚者，手腳痠麻，又無法換手，好幾次都覺得一定要完蛋了，一定會鬆手掉下鐵道，而終究還是活著到站。那裏能自行下車？都是被硬生生擠下。手腳根本不聽使喚，往往在下車後的很長一段時間內，還得保持剛才倒掛的姿勢。

高中時，不知道看到那一本書上面記載，說孟姜女夏天乘涼，因爲扇子掉進荷花池，捋袖露臂，入池拾扇，被藏在樹林後的萬喜良看見了，不得不嫁他。又說一位女子在幾乎溺斃的情況下，被男子用手拉了上來，回家馬上砍掉被男人碰過的手，以示貞節。不覺冷汗涔涔下，慶幸風氣漸開。否則，像這般擠車上學，鼻子碰眼睛的，肢體砍不勝砍，那能全身而退。不過，儘管風氣較爲開放，畢竟仍嫌閉塞。尤其長年在尼姑學校念書，把男女關係看得很緊張，莫說和男生交談，一定要被口誅筆伐、視爲異端；即使在車上自然平視，如果不幸正好四目相對，而不稍加遮掩，也將爲人所不齒。因此，車子雖然擠得水洩不通，幸而有寸土可立，多半人手一書，以避嫌疑。其中尤以女中及一中學生最爲矯情。當然！也包括我在內。在那擁擠不堪且不規則跳動的狀況下看書，至今視力居然毫髮未損，也算是個奇蹟。

擠車雖苦，其實，我是最沒有資格抱怨的。因爲當時三姊在觀光號上服務，可以申請免費月票，嘉惠眷屬。我足足坐了六年免費火車，可說受益良多。

三姊上車服務的時間有個周期性，我們可以依照固定周期推算出她的班次。常常舉家在後門鵠候，和三姊遙遙招手致意。姊姊每次發了薪水，就在薪水袋裡裝上幾枚石子，外頭再包上一層塑膠紙，從車上丟下來。有時，距離沒算準，丟到鐵道旁的菜圃裡，甚至不小心丟進河水中，便全家總動員，「上山下海」搜索。雖說包上塑膠紙，有時水仍滲進，撈起來後，通常一張張鋪在天井曬乾，堪稱吾家一景。

最絕的是，這種招手致意的方式，原本是親情的流露，後來，竟似傳染病似的傳了開來，先是姊姊的女同事，常在姊姊沒跑車時，代她招手。接著是男性服務生，甚至司機。汽笛一響，全都本能的會集到車門口，往外招手。到最後，連經常定期乘坐火車的乘客，也開始在車窗內和我們打起招呼。而車下的，也不再限於我們家的人，鄰居開始加入了，車裡車外，車上車下，好像滾動的雪球，人愈來愈多，招呼愈來愈熱烈。在固定的時間，有志一同的揮手，眞眞印證了「相逢何必曾相識」。

考上大學的那年暑假，我們終於搬離了這個各種噪音交攻、卻又教人戀戀不捨的房子，而換到一處僻靜的所在。第一晚睡覺，覺得四處靜得嚇人，直聽到自己呼吸的聲音，竟至徹夜不眠。第二天，閒下來和家人聊天，每人都彷彿忽然發現到自己的嗓門太過誇張而使得場面時呈尷尬。逐漸地，媽媽罵人的聲音太過嘹亮、收音機的音色原來如此明晰……所有的聲音突顯在沉靜的空氣裏，連我數年來慣常的喃喃自語以頂嘴的毛病，在失去了車聲的屏蔽下，也突然被母親逮個正著。

興高采烈地坐上火車，準備負笈他鄉，離情別緒不敵脫離家庭約束的自由歡樂。然而，隨著一個又一個被撇在身後的隧道逐漸遠去，興奮沉澱了，眼淚卻掉下來了，台北已然在望，我卻已開始回望南下的列車。

大學四年，最大的期望依然在火車——放長假，坐火車回家。火車的這頭是盼望，火車的那頭是不捨，依違於如此矛盾的情感裏，來來回回，竟已是幾個寒暑。

一年，考完期末考，行李老早打包完畢，和同學在前一天預購車票，寄送行李。當時，沒能力坐對號快車，只能買慢車票，而連這慢車票票款都是迹近苛刻的省吃儉用才存下來的。第二天清晨，坐上南下的火車，車行至苗栗，列車長查票，突然宣布我的車票失效，理由是員林（或彰化）以北的車票只有當天有效，員林以南，才可預購。同學全住南部，只有我得重購。乍聽之下，如遭雷擊，至今還清清楚楚的記得當時那種狼狽灰敗、如喪考妣的感覺。不甘心哪！也捨不得呀！更嚴重的是，口袋裡只剩了幾塊錢，根本不夠再補一張票。後來，好像是幾個同學先湊了借我，才了了這樁難題。回家的歡樂，在無情的現實打擊下消失了，那年的暑假，過得抑鬱不歡。

結婚生子後，我常帶孩子回娘家度暑假。每次，假期結束，決定返回龍潭的前一夜，母親總是顯得焦躁不安、容易動怒。而我常因整理行裝而無法顧及母親的心情。坐對號火車必須到豐原火車站，通常是母親幫我提行李，送我去。一路上，兩人都沉默著，不知說些什麼好。長久以來，母女二人似乎從沒有像當時那般貼心、親密。「養兒方知父母恩」，我是養了孩子才更深切體會母親的劬勞；而母親許是年紀大了，再沒年輕時橫潑的銳氣，在等車的當兒，常不自覺流露出濃郁的不捨。車子來了，母親幫我把行李提上車，再匆匆下來，火車已然徐徐開動。我和孩子隔著窗子和母親招手，一向堅強的母親常脆弱地眼紅落淚。我則心似油煎，火車的這頭是我最最親愛的母親，在火車的那頭等待的，卻又是孩子最最親密的爸爸。我在火車上，心情擺盪，神魂俱奪，只能靜靜垂泣。

時光催人。自從買了車子，正式告別坐火車的日子，至今業已數年。當火車走過，我總要駐足凝眸。那先火車而至的拔尖的汽笛聲，早已成爲記憶裏最爲美麗的聲音。當火車走過，容我溫習一下幼年的習慣，招一招手，想一想父母親的愛，兄姊的情，還有那一段永遠不褪色的童年往事吧！

選自《親情學分ALL PASS》，臺北：正中書局，二〇〇七年

單元書寫與引導

1. 漫畫童年

引導同學們繪製單格童年漫畫故事，繼而擴充爲四格童年漫畫故事。

2. 口語練習

與組員分享四格漫畫，藉由口語分享過程，梳理自我童年。

3. 短文寫作

文長至少三百字，結合四格漫畫，以及口語練習時的反思，以「我的童年」爲主題，完成自訂標題的一篇短文。

延伸閱讀

1. 豐子愷著：〈蝌蚪〉，收錄於《豐子愷兒童文學全集：給我的孩子們》，中國武漢市：海豚，二〇一四年。

作者記述孩子們把捉來的蝌蚪養在洋瓷盆裡，孩子們童言童語地說著蝌蚪的來歷，討論著如何讓蝌蚪有足夠的空間、營養長大變成青蛙。作者以赤子之心，書寫孩子們以獨特的方式感受世界，理解萬物，充滿好奇地對待未來。

2.侯文詠著：《頑皮故事集》，臺北：九歌，二〇一〇年新版；《淘氣故事集》，臺北：皇冠，二〇〇七年新版。

成爲醫師的作者以自己快樂的童年，書寫笑料不斷的故事。在處處驚奇的情節中，透露出孩子的眞誠與對大人世界的反叛，讓人回到無憂無慮的童年世界。

3.黑柳徹子著：《窓ぎわのトットちゃん》（窗邊的小荳荳（三十週年紀念版））, 臺北：親子天下，二〇一五年。

此書爲黑柳徹子自傳性的故事。敘述二次世界大戰時期，小荳荳是個被傳統學校退學的孩子，不放棄的母親，爲小荳荳找到了以樹叢爲校門、電車當教室的學校。充滿愛心的校長，無條件的包容與引導，讓小荳荳保有迷人的天眞與創意，這也奠定日後小荳荳在職涯上不可限量的發展。

4.羅大佑作詞、作曲，張艾嘉演唱：〈童年〉；小寒作詞，林憶蓮、黃韻仁作曲，林憶蓮演唱：〈紙飛機〉。

童年裡的快樂，也許是漫畫，也許是紙飛機。紙飛機的折法，藏在我們的童年回憶，告訴我們快樂的方法並不複雜。

5.島田洋七著：《佐賀的超級阿嬤》，臺北：先覺，二〇〇六年。

成爲日本相聲界名人的作者，將童年時與外婆生活的點點滴滴寫成故事。二〇〇三年夏天接受日本最受歡迎的談話節目「徹子的房間」主持人黑柳徹子專訪，眞摯感人的內容掀起話題，熱銷超過五十萬冊。並以「一人一萬日圓」的方式，募得一億日圓拍片資金，於二〇〇六年春天在日本上映。

第1單元　題目：

系　學號：

姓名：

2

青春藍圖

邱永祺撰稿

主題

在青春的歷程中，擘劃未來的藍圖。

學習目標

一、自我覺察

人自出生至離開人世，生理上的變化明顯可見，但心理的成長常常跟不上生理的成熟。尤其青春期在荷爾蒙的驅使下，情緒波動變大、自我意識增強、過度關注外表、特別在意同伴的互動。在生理發展成熟時，心理仍是青澀少年。回首青春期發生的一切，可以協助自己檢視內在，覺察曾爲成長刻下哪些專屬的印記，並且思索屬於自己的「成長」意涵。

二、生命情感

馬奎斯在《百年孤寂》說：「事物有其生命，在於如何喚醒它們的靈魂。」青春歲月，隨著韶光荏苒，逐漸成爲藏於腦內深處的記憶，只有在某天，當王子親吻了沉睡的公主，這才勾起了那段回憶。這回憶，可能是久違了的美好，或是認不得的曾經。省思過去與現在的自己是否有所不同？何者不同？爲何不同？從各種角度，觀察自我，應當會有不同的收穫。

三、創造力

當我們從旁觀者的觀點，找回自己曾經迷失的記憶，再度組織、編輯並寫下，這就是重新探索生命的過程。本單元引導同學從照片中回想青春時期的喜、怒、哀、樂，重新看待曾經陪伴我們成長的親人與朋友，思索彼此的關係，從中找出向前邁進的新動力。

文本閱讀與引導

1〈最壞的時光〉／郝譽翔

◎閱讀引導

作者以朋友為自己批紫微斗數開頭，說她的命盤裡，注定最壞的時間是在十四到二十三歲這十年，這剛好是她人生重要的成長歲月。那時作者因家裡經商常沒人在家，加上地處偏遠的北投，讓她在沒顧店的時候，總是向外跑，與三五好友廝混，也一起迷上當時熱門的電話交友。

這些看似活力十足的青春，卻因為自己失戀與朋友車禍過世、聯考失利等，蒙上了深深的陰影。在多年後，無意翻出的高中相片，讓作者想起當時的死黨，但幾年前的一場車禍，再度奪走好友性命。當年的回憶湧現，正巧契合了命盤的說法，讓作者感嘆命運似乎早已安排好，不勝唏噓。

是命運的安排也好，或因緣的聚散亦可，何者可求？何者可得？我們不知道，但如何在定數中盡人事，該是比聽天命更重要的事。

◎文本閱讀

朋友幫我看紫微命盤，說我命中最壞的一段時光，是十四到二十三歲，而最好的呢，是一百零四到一百一十三歲——「假如妳活得到那時候！」他笑得很是得意。

經他這麼一說，我心中倒是一驚，紫微居然這麼準！最好的時光應該是熬不到了，但最壞的，到目前為止，我心中卻一清二楚。原來這一切早在上帝的簿子裡記載分明，我疑心地看著命盤：地空、空亡、天哭、白虎……，一堆壞字眼，全集中在同一個時期裡。我看得恍惚，卻不禁聯想到《紅樓夢》第五回，賈寶玉遊太虛幻境乍見到十二金釵正冊的情景。

難怪別人的年少是陽光燦爛，但我回想起來，卻是灰色的青春殘酷物語。那時我家住在北投，二十幾坪的小公寓，母親為了增加收入，在附近開了一間很小的撞球店，偶爾叫我去幫忙，我總是板著一張臉，拿粉筆計分，排球時，又把球丟得咚咚作響。店裡面養著兩隻小白兔，長得很肥，塞滿了整個籠子。公兔老是喜歡趴在母兔的身上做愛，也不嫌膩，卻總是引來打球男孩的一陣哄堂大笑，還輪流把球桿伸進籠子裡，惡意地戳弄公兔的下體。

我坐在一旁，冷漠地看著，從來不阻止，我連自己都救不了，還管得了兔子？當不顧店的時候，我總是一個人在家裡，那時的北投很荒涼，除了草叢，就是稻田，晚上黑漆漆一片，狗吠，蛙叫，蟲鳴，全都歷歷分明，聽來格外叫人心驚。因為孤獨，我不愛待在家裡，認識了一群外校同年齡的男孩，大家一樣的貪玩，穿著明星高中的制服，每天四處晃蕩，很有毀壞校譽之嫌，但我們也不在乎，半夜闖入台北新公園探險，週末又搭火車到淡水海邊。

玩到沒地方可去了，有人提議到故宮去玩捉迷藏。我們都覺得這個點子酷極了，熱烈討論一番，幸好沒有眞的付諸實行。不過，不知怎麼搞的，我的腦海裡總會浮現出那個畫面：在故宮一間又一間流淌著幽暗光線的展覽間中，所有的同伴全都消失不見了，只剩下十幾歲的我還穿著黑色百褶裙，白色皮鞋，一個人在裡面沒完沒了的奔跑著，惶惶穿過了一屋子森然的青銅器，古老的獸面冰冷而駭人。

●

又有一陣子，我們迷上了電話交友。回想起來，那和網路聊天室實在相似——原來社會日新月異，但剝開了科技的假面後，其中包裹的，卻總還是一顆陳舊的老靈魂。我們之中不知是誰，先是在西門町的電線桿上發現了一組電話號碼，像是可疑的暗號，而當發現了一個之後，才察覺到它居然無所不在，祕密地流傳在廁所、牆壁、電話亭之間。男孩們高興極了，彷彿無聊的生活又打開了一扇新窗口，於是各自回家狂打，聚在一起時，便炫耀說在電話中又認識了小芳、小美之類的女孩。而其中，打得最瘋狂的就是W。

其實，我已暗暗喜歡W好長一段時間。每當玩撲克牌時，輸家要被彈耳朵，我彈起W，總是又狠又準，啪地一下，他的耳垂就要紅腫半天，我的心中因此有了一股奇異的快感。後來，又嫌彈耳朵不夠，大家提議要蓋棉被——把輸的人蓋在棉被下，大夥兒跳上去狠狠踐踏一番。我瘋了似地踩著W，當其他人都歇腳了，只有我還不肯下來，心中是那樣的快樂與悲哀。然而，每當我們圍成一圈，W神采飛揚地講起電話交友的奇遇時，我沉默地坐著，覺得他忽然變得遙遠且陌生了，直到我再也忍耐不住，爆炸開來，把他們狠狠斥責一頓後，自己一人搭公車跑回家中。

但回到家，還是只有我一人。我在黑夜中摸索著，打開了燈，亮晃晃的光，卻叫人更寂寞得難受。我縮在椅子裡哭著，哭到連自己也乏味了，才抬起頭來，靠著冰冷的水泥牆壁發呆。然後我拿起電話，第一次撥了那個交友的號碼。而那眞是一次詭異的經驗，電話接通後，就像是掉入一個巨大的黑洞，我聽到許多人在洞中叫喊著：「我是小文，呼叫美美」、「我是安迪」……。彷佛大家全落在深夜的汪洋大海，奮力地向前游著，偶然才在迎面而來的浪尖上，望見了一張陌生的臉孔。在電話中，我化了一個似乎是「小青」之類的名字，瘋狂呼叫起W，當終於和他說上話時，卻是濤天的大浪打來，兩人都是口齒不清。我還記得，自己假扮成一個商職的女生，揑起嗓子說話，W卻是半信半疑的，因爲我的聲音實在熟悉，而我只好努力和W撒嬌調笑，一邊卻又止不住心中的憤怒逐漸高漲，無論如何，我都再也喬裝不下去了。一齣蹩腳的戲，眼看就要穿幫，我喀嚓一下，切斷電話，一霎時，公寓又回復到原先的寂靜狀態。

深夜裡，屋外落起了急雨，嘈嘈切切，天空破開了個大洞，彷佛正任性地把一切不管好壞，全都丟到了人間。然而事實上，大家在電話中最感興趣的，不是女孩，卻是一個叫「稻草人」的男孩，機車店的黑手，連國中都畢不了業，一口台灣國語，又拙又呆，哪裡比得上這些伶牙俐齒的高中生？W最愛捉弄他，但有一天，我們忽然再也不玩這個遊戲了。W在呼叫「稻草人」許久後，沒有回應，才有人幽幽說，「稻草人」死了，騎機車被撞死了。我似乎可以看見他趴在地上，就是一個稻草人的模樣，而身軀被車輪輾得支離破碎，散落了一地悽惶的草梗。

●

我們再也不提電話交友，緊接著，就是暑假，我們升上高三，男孩們忽然正經起來，他們的志願是醫學系，便結伴跑到山上，住在廟裡苦讀。我難得上去探望，發覺他們個性還是沒變，滿山遍野的金龜子，全被他們用立可白在背上塗了編號，但居然也沒死，還趴在草叢中，翅膀閃閃發光。聯考結束後，我上了台大，男孩們全進了南陽街補習班，彼此漸漸就沒了消息。

悠悠二十年過去了。上個月搬家整理東西時，又無意間翻出讀女中時的照片，我的左手搭在死黨K的肩膀上。K長得很美，身材亭勻，又最善良，當同學們勸我，不應該和一群外校男生廝混時，K卻總是帶著一抹理解的微笑，從來沒說過什麼。前些年，高速公路上客運大火，K也在車上，當我從電視上看到K的照片時，眼淚不禁撲簌簌落下。她是到台中做義工，才遲歸不幸搭上了這一班死亡的車。善有善報，莫非都是一些騙人的謊話？而K送我的波斯貓，還躺在沙發上呼呼大睡，渾然不知主人的命運，但我卻從照片中的我的眼裡，看到了斑駁的陰影，清楚地浮現出來。十七歲的我，笑得既忍耐又牽強，彷彿早就已經預知到了，這是一段被空亡和天哭星所盤據的時光。

——原載二〇〇九年五月十九日《中國時報》

選自《九十八年散文選》，臺北：九歌，二〇一〇年

2〈白門再見〉／夏烈

◎閱讀引導

作者書寫自己在就讀高中時，同學們共同關注的話題——白門裡的那位女孩。因爲女孩，讓大家有相同的目標與一致的話題。無論校外或校內，求學時總有幾位是大家眼中的「公衆人物」，彷彿圍繞著他或她而生活，這似乎是每個人都會有的經歷，那樣眞實而難忘。

在高中畢業後，作者與同儕們各自開展出屬於自己的人生，卻不約而同的在人生路上受挫，曾是那樣年少輕狂，遙想未來；那樣的天眞爛漫，繪製夢想，卻不得不在進入社會後，與現實妥洽。最後，當年的女孩，竟也不再夢幻，而是那樣「現實」的存在。

藉文中每位角色用青春歲月譜寫出來的故事，思考成長的意義與代價，因爲眞實的人生不是童話，而是血淚交織的戲劇。

◎文本閱讀

每天上學，總要經過一扇白門，它曾帶給我們喜悅，也曾帶給我們痛苦，帶給我們希望，也帶給我們幻滅。

那年夏天，我們剛考進高中，功課輕鬆、心情愉快，很快，大家就混熟了。我們大多是同校初中畢業的學生，每天的話題不外是初中的那些老笑話、電影、學校裡的運動員和一些莫名其妙的社會新聞。

漸漸，也有人提到那扇白門……

白門坐落在學校旁門的那條街上，它是一幢精緻的日式房子。從街上，可以看到門內的庭院裡有幾株榕樹遮著日光。日式房子不高，也不寬，但是粉刷得很漂亮，倒也顯出一點兒氣派。白門面向東方，漆得很亮，把淡紅的木條完全遮蔽，早上太陽射在白門上，反射出來，給人一種平靜和藹的感覺。

這扇白門是這條街上唯一的一扇白門。事實上。走遍臺北市的大街小巷，也難得發現幾戶人家有白色的大門——尤其是漆得那麼光亮的大門。我們上學大多要經過這條街，所以街上的動靜，兩旁的建築難免要進入話題。像大多數的中學生一樣，我們都是騎車上學的，每個人經過那扇白門，總像經過閱兵台一樣望一望。

實際上，我們所注意的，並不是那扇白門，也不是那幢日式房子，更不是那幾株榕樹，而是一個住在白門裡的——女孩子。

這個女孩子並不很漂亮，瘦瘦小小的，頸子有點兒長，留著當時中學女生最流行的赫本頭。但是她的眼睛很大，頰上有兩點淺淺的酒渦，皮膚白淨，衣服也整潔，可說氣質相當好。每天早上七點鐘，她準時由白門裡跨出來，肩上一隻黑書包去上課，由她的制服，我們可以知道她是女中高一的學生。

我們是個男校，除了教職員以外，學校看不到女性，更別說女孩子了。當時大家剛入高中，所以也沒有人交過女朋友。每天早上上學要遇到這麼一個可愛的女孩子，當然課後難免要談一談了。那時大家都對「密司」很感興趣，所以搞到後來，每天都要談白門裡的女孩子。大家也不知道她姓什麼叫什麼，所以就都叫她「白門」。

「白門」不是我們班上的專利，高一幾班的學生都在談她。但是據我們所知，高二、高三的同學並不對她太感興趣。甚至有些高班同學根本不知道有這麼美妙的一個女孩子，多少使我們有點失望。

這一年平平淡淡的過去。暑假來了，我們不再上課，不再經過那條街，也不再遇見「白門」。有時同學小聚，沒有人提到她，似乎是把她忘了。

開學以後，大家又見了面，每天早上又要經過那條街，所以「白門」又開始活躍在我們心中。

校內舉行籃球錦標賽。這次一反往例，不採班級對抗的方法，而是由同學任意組隊。於是各種怪名的球隊紛紛組成，比方「烏龜隊」、「骷髏隊」、「老母雞隊」、「聯合國隊」等等。我們幾個雖然不太會打籃球，但卻是好事之徒，看看盛會當前，不免也想湊湊熱鬧、應應景。於是我們也組了一個球隊，決定取一個更有趣的隊名，想來想去，最後「大嘴」提出以「白門」作隊名，立刻獲得一致熱烈通過。於是「白門隊」正式成立，並且還在開服裝廠的小趙家作了一批球衣球褲。球衣是灰底紅邊，前面貼著「白門」兩個大字。星期六下午，我們全體到球場上練球，球衣很俗氣，球技又不高明，所以當場就有人提出抗議，認爲我們沒有資格以「白門」爲隊名。

第一場比賽是對「烏龜隊」，決定在星期四下午第二節課舉行。有人提議請「白門」親自來主持開球，但是從來沒有人和她講過話，所以此議也就作罷。星期四那天，來看球的人很多，尤其是高二的同學慕「白門」之名而來的更是不計其數。

比賽相當悽慘，我們以九比六十六輸給「烏龜」隊，全隊一共吃了四十三隻火鍋，小趙把腳踝扭傷，老錢內八字腳自己絆了自己，一個狗吃屎掉了兩顆門牙。

「白門」隊雖然慘敗，但是「白門」的風頭卻更盛。歷史課，先生講到清朝「洪門」影響力之大和在海外組織的廣泛，當時有人在下面說「白門」的影響力可能更大。有一次我們在和平東路看到一家「白門鞋店」，結果不少人還去訂作皮鞋，那老闆可能莫名其妙，這一輩子沒交過這麼好的運。

「小條」是本班的作弊大王，他腦筋快，行動鬼祟，發明了各種作弊方法，但是成功的機會不多，曾經伏法三次，前前後後記了一個大過，四個小過。「小條」是本班第一個向「白門」採取行動的人。有一天，他忽然沒騎腳踏車，徒步上學，據說是鏈條斷了。但是接連一星期他都沒把車修好，於是大家知道這裡面一定大有文章。有一天到底是拆穿了，有人看見他在拐彎處作等待狀，「白門」一經過，他馬上湊上去鬼纏，但是「白門」昂頭而行，毫不理睬。當天這條新聞立刻傳遍，「小條」被攻擊得體無完膚。大家一致認爲「小條」太失本班尊嚴，尤其是和「小條」勢不兩立的「夫子」，更對他痛加撻伐，認爲這種舉動「太無聊了！太無聊了！」「小條」終於「認錯」、「悔過」，保證以後行動一定公開，一定光明正大。「夫子」還堅持他寫一張「悔過書」貼在閱報欄，但也有人給他打氣，希望他再接再厲，有情人終成眷屬。

「夫子」素以道貌岸然著稱，有一次，我們旅行碧潭，恰遇某女中的同學也在那裡遊玩，際此美不勝收之時，「夫子」居然目不斜視。事後引起一致的讚嘆，有人還在級會上表揚他。「夫子」分析「小條」的行動，認為是世風日下，人心不古的一個例證，而「小條」受了愛情電影和言情小說的影響，才會造成此一不幸事件。

很不幸，「夫子」成為「白門事件」的第二個犧牲者。有一天早上，小趙騎車上學，那條街上沒有旁人，「白門」踽踽獨行，「夫子」也騎車在上學途中。當時小趙看到「夫子」，但是「夫子」並沒有看到「小趙」。當「夫子」和「白門」打照面時，小趙發現「夫子」向「白門」點頭微笑，「白門」沒有反應。

第一節課終了，大家圍住「夫子」，展開會審。「夫子」起先抵賴，做了種種解釋，但是破綻很多，而且語無倫次。在衆口紛紜之下，「夫子」終於俯首服罪。承認他一時胡塗，以為「白門」在對他微笑，所以花了眼。平常「夫子」在班上表現良好，清掃教室頗為熱心，也常在課業上幫助同學解決疑難，所以大家為「姑念此生前途，決予從輕議處」——每人紅豆湯一碗。

對於「白門」的家世，我們一直不清楚。有一陣子謠傳她的父親是某大保險公司的董事長，誰要娶了她，這輩子的飯碗就保了險。又有一陣子，謠傳她父親是某大學物理系名教授，明年度大專聯考物理科命題教授的熱門候選人，能追上這位千金小姐，少說也能探到一點兒命題意向。還有一陣子，風聞她父親是某大戲院總經理，要是追上她，該戲院可自由出入。無論如何，她父親是什麼樣子我們都不知道。

「皮蛋」在高二下神氣過一陣子，因為他聲稱，最近才發現他家與「白門」家是世交。他說「白門」姓吳，江蘇省人，家道小康，「吳伯父」任職某化學公司業務部主任。「皮蛋」的姨父是該公司董事長，所以近期之內，「皮蛋」準備向「白門」展開攻勢。大家對「皮蛋」讚羨不已，「皮蛋」也以準未婚夫自居，開口閉口提到「我那口子」怎麼怎麼樣。

「皮蛋」的好日子維持不到一個月，因爲他根本就認錯人了，那位業務部主任是住在「白門」對面的「綠門」裡，而「綠門」主人也有個女兒，只有四歲，「皮蛋」最少要準備個十五年計畫。

高二快要終了時，有許多人開始動「白門」的腦筋，聽說軍樂隊的一個小子一直跟她到學校，沒有什麼成就，老朱是班上最懶、最胖的，早上升旗一向趕不上。現在他兄弟也每天早上提早兩小時起牀，而且徒步上學，對外揚言是規律生活，鍛鍊身體，減輕體重，天曉得！

期考前幾天，「小條」突然傳出驚人消息，他發現「白門」和一個英俊的男子（像是個大學生）依偎穿過新公園。班上立刻引起一陣混亂，「白門」穿的什麼衣服，大學生穿的什麼衣服，大家都向「小條」打聽。「小條」一一作答，言之鑿鑿。還有人問「小條」是不是有近視眼，最好到醫務室徹底檢查一下。無論如何，這一天的課都沒好好的聽，每個人心裡都不太痛快。有人還痛責那個大學生太不自愛，國家花了那麼多錢培植他，但是他不好好念書，整天從早到晚追女朋友，實在有負國家期望。

「小條」在放學時宣布這個消息是個騙局，因爲他看到這兩天同學太用功，班上死氣沉沉的，所以製造個新聞刺激一下。大家聽了紛紛指責「小條」不應該亂講話，今天又不是愚人節，況且大考前夕足以影響思緒。表面上雖然指責「小條」，實際上大家心裡還是很高興。「白門」到底還是屬於大家的。

高二這一年課業逼得緊，開學時，班上有七個人沒升上高三，「大嘴」也慘遭不幸。聽說他還到化學先生那兒哭過一鼻子。我們紛紛安慰他不要太傷心，留一班也許考大學能考得更好。最後大家還告訴他，只要「白門」存在的一天，這個世界就有希望，希望他時時記得「白門」，砥礪自己。

高三開始分組，我們全班投考甲組，生活漸漸開始緊張，星期日還有很多人來學校念書。一個月後，小趙說他準備轉考乙組，理由很簡單，聽說「白門」第一志願是臺大商學系。大家死勸活勸，小趙才打消了這個念頭。

我們在放學後常到市立圖書館去看書。有一天，市立圖書館清理內部，所以停止開放一天，於是大家又轉到中央圖書館去看書。我們八個人進去，看到角落裡有一張桌子空著，只有兩本書擺在位子上，於是大家就佔據下這個桌子。半個小時後，那個用兩本書佔位子的人來了，出乎意料之外，她竟是「白門」。大家面面相覷，驚得說不出話來。「白門」很安靜的坐下來看書，似乎毫不知道她已經是個新聞人物了。不一會兒，老楊說他要出去一會兒，二十分鐘後，老楊吹了個新頭回來。

寒假過後，小趙口氣突然大起來，有時候簡直不把我們看在眼裡。對於「白門」，他更是百般批評，一會兒說嘴太小，一會兒說頭髮太流氣，一會兒又說不夠性感。小趙寒假裡追到一個女朋友，是我們這一群裡第一個「有家」的人，當然要自擡身價一番。小趙盡量利用話題談他的「密司」，有時也不免肉麻，不過小趙本來就是肉麻人物。大家對小趙是敢怒不敢言，任他亂吹亂罵。有一次，我們到西門町看電影，碰到小趙，也總算見到了「嫂夫人」的盧山眞面目。

說實話，小趙的密司的確不太高明，臉扁扁的，像是給印刷廠的捲紙機滾過一樣，頂多打六十一分（和小趙上學期的英文成績相同）。而且小趙那口子還常常耍小性子，弄得小趙如醉如癡。大家在忍無可忍的情況下，推「小條」爲代表，把大家的觀感轉告小趙，同時希望他以後收斂一點兒，小趙怏怏。

聯考前兩、三個月，班上比較平靜，每個人都在爲前途拚命。有時侯讀書讀倦了，群集在走廊上小聊一陣，還是提到「白門」。聯考以後，大家不知道會分到什麼學校什麼科系，也不知道以後還能不能常聚在一起，不過朱胖子講過一段話：「不管我們走到哪裡，離得多遠，大家還能常常想到『白門』，想到『白門』，就會記得那段朝夕共處的可愛日子。」

聯考填志願，班上分成兩大派，一派以「皮蛋」爲首，非醫科不讀，幾個醫學院的醫科填完之後就不再填了。另一派以「狗熊」爲首，把各校理工學院的科系填了七、八十個以後，最後再填上一個「國立臺灣大學醫學院預科」，眞是把「皮蛋」他們氣壞了。

這幾年的苦讀總算有了代價，小趙和「皮蛋」、老錢如願以償，分別考入臺大和高雄醫學院的醫科。「狗熊」和「小條」以系狀元考入臺大工學院和理學院，朱胖子也考進臺大。「夫子」考進成大工學院。老楊返回僑居地，轉赴美國入佛羅里達大學土木系。班上大部分的同學都考入幾所著名的大學。

我們在中正路一家飯館舉行謝師餐會。大家都很高興，搞得一塌糊塗。一向以鐵面孔著稱的數學先生，還在酒後唱了一段河北小調，韻味十足，後來應觀眾一致要求，又唱了一段歌仔戲，二樓所有的客人都大鼓其掌。舉杯互祝時，有人提議爲「白門」乾一杯，立刻獲得全體熱烈響應，幾位先生莫名其妙，不知「白門」何許人也。

大學第一年，功課雖然緊，大家生活得很愉快，常互相通信，報告自己學校的情形。南部的「夫子」和「老錢」更常問起「白門」的消息，但是她究竟考入什麼學校，沒有人知道，不過我們一再向老錢和「夫子」強調，還沒有「白門」出嫁的消息，請他們安心念書。朱胖子和「皮蛋」一入臺大就當選班代表，「狗熊」當選校友會副總幹事，專司和某女中聯絡之事，再加上他小子外型瀟灑，是相當吃得開的人物。

老楊在佛大比較寂寞，不過大家常給他寫信，報告這邊的消息——尤其是「白門」的消息。每次回信，他總是在藍色的郵簡上用白顏料畫一扇門。

第一次同學會在大一的暑假中召開，「眼鏡蛇」妙想天開，認爲「同學會」這個名詞太俗氣，大家既然都喜歡「白門」，何不把「同學會」改名爲「我們愛白門協會」。「皮蛋」修正「眼鏡蛇」的提案，要求「協會」改爲公司組織，於是「我們愛白門公司」正式成立，老錢被推爲董事長，「小條」任祕書，全班同學均爲股東，每人每年認五百塊股息，每個寒暑假聚會三次。

大二是最輝煌的一年，「夫子」考上普考狀元，小趙得到書卷獎，「狗熊」追上農學院某系的系花，「眼鏡蛇」中了愛國獎券的第二特獎，「小條」在校內英語演講比賽得到冠軍，老楊在佛羅里達大學中成績優良，獲得了兩千七百美金的獎學金。這個暑假，我們在小趙家開了一次舞會，由「狗熊」出馬，邀了不少漂亮的女孩子。其中包括三位系花，某校理學院四美之一，某專科學校六大金剛之一，眞是盛況空前，風雲際會。不過有一點爲大家惋惜的，沒能請到「白門」。

「錢董事長」終於在大三的期中考後打聽到「白門」的消息。老錢的表姊和「白門」同就讀於某專科學校。有一次兩人閒聊，老錢才知道「白門」和表姊有過點頭之交，由她口中，知道「白門」是一家營造廠老闆的獨女，準備角逐下居中國小姐。老錢爲顧及尊嚴，沒敢把我們那些事抖落出來。

我們爲「白門」競選中姐忙過一陣子。朱胖子準備召集北市各大學同學組織一個助選團，居時搖旗吶喊；老楊由美國寄來五十塊美金以示贊助之忱；夫子爲這件事作了一首七言律詩：「聞白門選中姐」，酸酸的，看了渾身不舒服；老錢念醫科，一再督促我們把「白門」的相片和尺碼寄給他，要寫一篇「白門之骨骼及肌肉分析報告」。

結果是空忙一場，「白門」根本沒報名。

「小條」身體一向不好，幾年化學系功課重擔一折磨，他在期考前一個星期倒下了。我們到臺北醫院去看他，「小條」臉色慘白，仍然強顏談笑，還提到「白門」的往事。我們離開時，他說：「想到『白門』，我的病就會慢慢轉好。」

朱胖子這學期「結構學」和「鋼筋混泥土設計」都沒通過，湊足三分之一學分，非五年不能畢業了。

夏天，我們在大專集訓中心過了三個月緊張的生活。這段期間，「小條」的病加重了。

開學後一個月，由美國傳來老楊的消息，他因車禍喪失了一隻手臂，我們不知道一位土木工程師要怎麼樣以一隻手工作。

大學最後一年，惡運像傳染病一樣在我們之間流行。小趙家破產，由仁愛路的花園洋房搬到郊區的違章建築；「皮蛋」喪父，家庭生活頓成問題；「狗熊」的女友變心，使他很消極，每天在彈子房鬼混；「眼鏡蛇」在學校和同學打架，被記兩大過；倒是「夫子」在臺南比較安靜，一邊做定性分析實驗，一邊研究「存在主義」。他在信中說：「幻想和無方向的奔逐並不是我們這一代青年人的專利，歲月會腐蝕一切的稚氣。我們慢慢長成了，試著學習像一個成熟的人那樣思想吧，誰能告訴我，『白門』究竟給我們帶來什麼！……」

「小條」在夏天離開我們。他是個聰明的人，也許對命運的撻伐看得較輕。那天陽光普照，不像是個悲哀的日子，「小條」微笑著對我們說：「記得吧！一年前我說過，『想到「白門」，我的病就會慢慢轉好』，現在我改一改：想到白門，我就會在另一個世界裡對你們微笑。」

畢業後，我們分發到各部隊服役，醫科的幾個還在繼續他們的課業。彼此之間的聯絡越來越少，接踵而來的將是飯碗、留學等令人煩惱的問題。大家的盛氣殺掉了不少，連一向好辯的「眼鏡蛇」也不喜多說話了。

夏天又來了，「夫子」和小趙赴美深造，我們到機場去送行。「夫子」在檢查口向我們握手道別時說：「有『白門』的消息，馬上通知我們。」

自從高中畢業後，有七年沒看到「白門」了，甚至不知道她的消息。這七年中我們的思想漸漸成熟，各種生活也一一體驗到。尤其最近幾年，事業不如意，愛情不如意，成績不如意，有時眞使我們心灰意冷，但是每當頹廢消沈的時候，只要有人說，「白門還沒嫁！」大家就會感覺到一線陽光又照進來了。「白門」成爲一個象徵，象徵著純潔、希望與美麗，同時，也象徵著一個揭不開的祕密。

我們又遇見了「白門」，在方老師古色古香的客廳裡。方老師一一給我們介紹，「這些都是我的得意門生，七年前我教他們英文時，他們還流著鼻涕呢，現在也都是大學畢業生了，哈哈，日子過得眞快啊！」

我們沒注意方老師在說什麼，也沒注意屋子裡還有其他的客人，只是呆呆的望著「白門」。她穿一件淺紅色的旗袍，中間繡著一朵黑色的花，頭髮盤在頭頂上，幾乎和臉一樣高，她的嘴唇塗著口紅，眉毛和眼睛都用眉筆深深的勾過，眼皮上還塗了一層淡藍色發光的油彩。她靠在她父親旁邊——一個比她還矮一寸多的小胖子，五十多歲的光景，頭髮已經脫得差不多，相信是經營一個規模不小的營造廠。

「徐太太、李太太，都是內人的朋友。郭先生，我的大學同學……」方老師今天顯得特別高興，不是嗎，我們也有很多年沒來看他了，今天打開報紙，才知道他的一本著作得到了某項獎金，特別相約來爲他道賀，同時也藉此機會大家聚一聚。

「這位是胡先生，現在經營證券行，」方老師指著那個禿頂的矮胖子，後者微微欠身，臉上堆滿了虛僞的笑容，「胡先生在股票上是一帆風順，可惜你們都學理工醫，否則也該向胡先生請教呢。」

現在該輪到介紹「白門」，毫無疑問的，大家的心開始跳了，「這位是『……』」方老師咳嗽了一聲，似乎是有意的，「胡太太，她和胡先生剛結婚不到三個月……。」

我們坐在客廳裡，除了回答問話以外什麼也沒說，甚至忘了向方老師道賀。方老師興奮的談著他的著作和近來的教書生活，郭先生和那個禿頂的矮胖子不時發出笑聲。「白門」和兩位太太低聲的談話，有一次我們隱隱約約的聽到「白門」說，「……那時候我的手風好，連莊了四次，一把清一色，一把四番牌，怎麼捨得下桌呢，可是凌波的『血手印』還有十分鐘就要開演了，從我們家到國都戲院最少也要……」

雖然方老師一再挽留，我們還是沒有在他家吃晚飯。走出大門，還聽到方老師高聲的說：「這些孩子是長大了，以前到我家來總是弄得天翻地覆，現在一句話也不講了，一句話也不講了……」

選自《最後的一隻紅頭烏鴉》，臺北：九歌，二〇〇六年

3〈親愛的林宥嘉〉／神小風

◎閱讀引導

作者以第一人稱開場，說明自己在愛上「林宥嘉」之前的青春愛戀，刻劃出求學期間對於暗戀對象的一舉一動、一顰一笑，總是如此扣己心弦。

相較於現實裡的對象，作者從前總是暗自思忖那些自稱劉太太、陳太太的不切實際，但自己遇到「林宥

嘉」後，就此轉念，認定這樣的距離最好，縱使是一場絕望的單戀，自己要成爲第三、四、五……者，或像是生了一場病，都無礙於自己對於「林宥嘉」的愛。

少女情懷總是詩，每個人都會有一位自己心中的「林宥嘉」，女孩可能關注的是周杰倫、瘦子（陳昱榕）、周興哲等，而男孩則是梁詠琪、邵雨薇、周子瑜等。無論是哪位「林宥嘉」，對他的愛好，是一股單純的喜歡，喜歡得如此純粹，就算什麼都得不到，什麼結果都沒有，甚至要付出大筆的心力，也能不求回報的付出。

這種看似夢幻泡影的愛，在理智與失心之間，是一種半夢半醒的存在。誰沒有這樣的經歷呢？這就是青春的印記。

◎文本閱讀

讓我說，我能如此自然喚你親愛的，如戀人般喃喃細語的原因無他。只因我始終深深堅信，這是愛情。

在遇見你之前，我也愛過幾個人。最開始該是小學同班的男同學，總是當模範生代表全班領獎的傢伙，兩邊鬢角留得長長的（是啊，就像你剛出道時那樣，貼緊臉頰好看極了），在一群平頭小孩裡特別顯眼。我喜歡，自然班上其他女生也不會錯過，送零食送飲料幫寫作業，或在桌上刻下自己和他的名字，畫個好大的愛心框起來，然後在旁人問起時猛說沒有沒有，渴望事實成眞又不敢太過張揚，或一人一個文具店流行的戀愛橡皮擦，「把妳喜歡人的名字寫在上面，當擦布用完的時候，願望就會成眞喔！」老闆娘笑臉盈盈的這麼說，我不信那些女孩心裡沒有冒出懷疑：「眞的嗎？」、「這只是商人騙錢手法？」種種問句在女生群中不斷飄散，但終究還是愛的力量戰勝一切。她們全都低頭，專注在桌上擦出一堆屑屑，互相笑鬧猜測對方偷偷寫在橡皮擦上的是誰的名字？眼神悄悄飄向模範生男孩，女孩共有的默契讓她們都同一國。

我不做這些事，獨自一人站在外面看她們，這樣的小圈圈無我加入餘地，但我也同樣愛他，要是他也愛我該有多好？這樣或許我就能以另一種姿態加入她們，快樂嘻笑一起玩鬧。

我開始寫信，寫一封封情書全塞進他抽屜，寫著我愛你我愛你並不署名，我想我大概就是從那時開始練習，如何把一切想像全靠筆傾訴（像我也寫給你的那些……你收到了嗎？），這比那些小手段高明得多，我知道他或許會偷偷注意我，在課堂上暗自翻動那些信件，然後找到我。

一日早自習，當我正趁著四下無人，好把信準確塞進他抽屜的時候，模範生男孩出現了。彷彿少女漫畫的心跳場景，他伸手將抽屜裡的信紙拉出瘋狂大力撕掉，片片我愛你飛舞在空中，他滿臉通紅的吼叫出聲：對，就是妳！不要，不要再靠近我了！聽懂沒有！

那樣的句子總在我夢中出現不斷排列組合，以一種噩夢的姿態向我撲來。我驚醒，大汗淋漓，空盪的小套房只獨我一人，起身摸索自熱水瓶倒出一杯溫水，套房裡除了生活必需品無其他累贅裝飾，碗筷都是一人份，連待客用的玻璃杯都沒有，不需要，誰會來敲我的門，讓我開口說句請進歡迎光臨？

但如果眞有客人，我第一件事就是向他炫耀滿滿一整牆海報，那都是你，親愛的林宥嘉，從第一張專輯的你，到演唱會的你，更或者是我自行從網路上抓下來的你……全以各自的姿態被我牢牢貼在牆上，又有誰能說我寂寞？再不，抽屜裡翻出一整疊星光大道全集，加上專輯MV花絮，伸手拍拍座椅，誰來都會跟我一起愛上你專心唱歌模樣。

但還是沒有人來，你的臉仍然笑得很可愛，我把眼前這杯水喝掉，拿起電話又放下，不知該打給誰，手機裡沒有可供聊天的號碼，總是這樣，有時一整天都找不到說話的機會，我安靜的獨自吃飯睡覺像與這世界全然無關聯，買東西能偶爾得到店員一句謝謝光臨，已經算是好的了，更多時候是連和路人碰了肩，都裝作沒這回事般，如果〇二〇四可供純聊天，我想我會毫不猶豫撥過去，只爲眞的跟誰說上些什麼話吧。此刻我站在黑暗裡不知如何是好，最後仍是開了電視，任螢幕在屋內閃動，坐下來繼續寫信給你。

親愛的林宥嘉，我寫信給你，仍像過去時那樣執拗的苦戀著，你無法打一通電話來跟我說：喂不要再寄了喔！無法說那些傷害我的話語。只有我能停止寫信，而你不得拒收。我是個安全的狡猾者，深深明白你無力抵抗他人對你的幻想，（林宥嘉，你好可愛，跟我在一起好不好？）幻想你或許會是夢中情人男朋友甚至於老公，儘管你並不樂於成爲如此偶像，單方面的愛情如果我只能付出，那麼你便只能接受，且毫無拒絕的餘地。層層聲光效果掩蓋我們之間距離，眞好，便於我把自己放在隨時可以拒絕你的地位上。但我仍是準時收看你的所有節目，包括超級星光大道娛樂百分百演唱會，像是一旦關掉了電視便什麼都失去了般……

在那樣孤獨而漫長的時光裡，我不斷寫信給你。

八卦雜誌上總說明星太忙，歌迷寫的信通常都不會看，任憑宣傳收集丟棄，此話一出許多明星紛紛消毒安撫憤怒歌迷，我倒希望你眞把信通通丟棄，一定也很多人寫信給你吧，如小學那些可愛的女孩們，這樣我每日寄出的信就會跟那些寫著「林宥嘉收」的一起，被粉碎被丟棄，我便也在它們之中了，沒有什麼兩樣。

但我身邊那些國中女孩比我更早熟，在我還沒迷上任何一個明星之前，就迅速以強勁姿態展現愛情，國中生愛陳曉東劉德華麥可傑克森，每個瀏海都長得遮住眼睛（對，就像你上一個造型那樣……你也喜歡嗎？）書包上貼滿各式閃亮亮照片，雜貨店裡十塊一張的那種，或是裝在皮夾裡炫耀著說他是我老公，不可能成眞的事講來也就不需要害羞了，她們不再是校外教學時，和男生牽個手就要大哭的女生，而搖身一變成陳太太，劉太太……男生再遲鈍，也敏感察覺這一波風潮，同樂會時選唱「心有獨鍾」、「忘情水」的掌聲永遠最多，校慶時那個學Michael Jackson扭動的鬈髮男生，太空漫步讓全校瘋狂尖叫，即使他滿臉青春痘功課吊車尾甚至還沒變聲……

可我不愛他們，我爲什麼要愛一個摸不到的人呢？親愛的林宥嘉，那時我還不明白，這樣的距離或許才最適切。我愛的隔壁班男生沒有跟我說過一句話，我們從不交談，只是他獨自上下學的背影多麼帥氣，兩顆黑眼珠散發迷幻神情（他的眼睛跟你一樣黑得發亮，是不是也有人這麼稱讚過你？），那是只有我一個人發現的祕密。跟他一樣，放學我也一個人走，沒有人會來主動邀我回家，即使路上匆匆走過的都是同班女生，偶爾勉強參與其中連腳步都變僵了，卻像個異物一般格格不入，最後只能走開了去，不知是生命裡出了什麼差錯，如果有人總擅長逗人開心發笑，那我想我該是最擅長寂寞的吧，也擅長孤獨擅長自怨自艾……

我開始和隔壁班男孩一起回家，保持一前一後的穩定距離，他的背影那麼孤獨，和我一樣，那麼我們走在一起就誰也不會寂寞了，多好。出了地下道，過個大馬路，男孩的肩膀微微傾斜，彷彿書包很沉重似的，然後在一個陌生的街口停下來，再過去我就不認得路了，只能滿臉微笑的目送他的背影走遠，日復一日，親愛的林宥嘉，我多想追上去跟他說：我好喜歡你，我愛你（可以嗎？林宥嘉，我可以靠近你嗎？），這樣好不好？

他沒說話，於是我往前走去，錯入那如叢林一般的迷宮小巷，一個彎還接著一個，我不敢走得太快，隔壁班男孩的身影若隱若現，最後我終於在某個街口失去了他的蹤跡，（林宥嘉，你在哪裡？）疲憊至極的蹲下身來，汗水如瀑濕透了我整個背，眼前的柏油路將我整個人困住，抬起頭乾渴的望著每一處陌生門牌號碼，一旁路過的歐巴桑停下腳步問我：「妹妹，是要來找誰？」

是要找誰呢？我開口，卻想起我根本不知道他的名字，隔壁班男孩長什麼模樣？我咬住乾裂下唇忍不住想哭，眼淚落在柏油路上轉瞬消失，我不明白，到底該用什麼方式跟這世界相處呢，或正確的來說，如何跟自己相處？能不能有個人能蠻橫不顧禮貌，就這樣闖入我安靜場地，一把將我拉出？

親愛的林宥嘉，那便是你了，於是我聽見了你。

我早該發現的，你與他們不同，那些我愛過的男孩們（他們都像你……）即使我個性再醜怪再孤癖多麼不討喜，電視一開CD一放，你仍是得唱歌給我聽，不會因為誰比我漂亮可愛，你就只對誰唱歌，不會不會大家都是一樣的。

如果這可算作戀愛，那該是多麼絕望的單戀，漫漫長路看不到盡頭，單方面的愛情若要死心塌地，唯一方式只能說服自己不求回報，這話聽來慘烈無比，像是對著深不見底的湖猛丟石子般，再努力也得不到一絲回音。

但這和通常定義的愛情與眾不同的是，我得以和第三者（第四、第五……這數量該是越多越好）共同愛著你，這個被稱為林宥嘉的歌手，就跟所有愛著張懸蘇打綠五月天，更甚至五五六六黑澀會美眉棒棒堂的人一樣，我們統稱為FANS，或粉絲，無關人氣與否，一視同仁。

我老覺得這像一場病症，愛情的熱病一發不可收拾，病症初期：為每天定時收看你所有節目廣播表演，發呆時不自覺腦中浮現旋律哼起歌。接著，每日固定買報紙掌握你所有最新消息，而其他雜誌訪問也不能放過，全剪下收藏更有甚者拿去護貝。到了病症中期：寫信當作寫日記般勤快，開始想見你一面握手招呼……

哪種愛情不是這樣？聽到對方名字會心跳加速，忍受漫長等待只爲見對方一面，再過來病情加重，我開始上網學著留言，並驚訝的發現竟有那麼多地方可以討論你，論壇家族網誌或PTT……

於是我化身成用英文字母排列組合出來的單字，悄悄在白底黑字中潛水，從未見過面的人怎能如此親密打鬧聊天？掛在林宥嘉名字底下的粉絲竊竊私語，像找到同伴般說著，喂我也喜歡林宥嘉呀哪一首歌……

那我和他們算是同類嗎？我試著打了幾個字回應，底下的回文者便親密的叫了我暱稱，我害羞說著：「我還沒有聽林宥嘉唱過現場呢。」、「那下次我們一起吧！」，如朋友般自然語氣。親愛的林宥嘉，告訴我，朋友是不是就這樣交的？

她說我們，因爲你、於是我便就此成爲我們。

我們、我們、我低聲不斷重複，那將會是世界上最美好的量詞單位了。

（親愛的□□□，這裡頭能不能換成別的名字？）

（親愛的周杰倫）

（親愛的劉德華）

（我想起國中的那些女孩，我們能做好朋友嗎？）

親愛的林宥嘉，最後我還是去參加簽唱會了，到頭來始終沒有排進那長長人龍裡，只敢遠遠望著你唱歌，媒體要求你以歌迷當背景拍張大合照，你稚氣的笑起來轉過身，我也拿起CD舉高搖晃，和我身邊吶喊尖叫的女孩一樣，我試圖也大喊著你的名字，林宥嘉林宥嘉，聲音乾乾的同樣喊到聲嘶力竭，轉過頭和旁邊女孩一樣露出窘迫的微笑，女孩遞給我一顆喉糖。

第二天新聞出來了，好大一張娛樂新聞的版面，照片裡你笑得一臉靦腆，身後是滿滿的歌迷開心面孔，我將報紙攤在地上，仔細搜尋著自己的臉卻遍尋不著（那麼，大概是在這個位置吧……），我伸出手，往照片更上方被切掉的部分比劃了一下，在框框之外但我確切是存在於那裡的，這就是我和你的合照了，我們和那麼多愛你的人擠在一起多麼親密，都笑得天真無邪像個孩子。

這是愛情。

我把那張報紙舉起來，找出黏膠一吋一吋把它貼在房裡牆壁上，親愛的林宥嘉，每當我朝那張報紙望去的時候，便會看見外面的風輕而緩慢朝我吹過來，就像是開了一道窗戶般。像擁抱對於寂寞，像愛對於不愛，像你對於我。

（本文榮獲第三十二屆時報文學獎散文組評審獎）

——原載二〇〇九年十二月十日《中國時報》

選自《九十八年散文選》，臺北：九歌，二〇一〇年

單元書寫與引導

1. FB或IG相片回顧

請同學們在FB或IG挑出代表自己喜、怒、哀、樂的照片。與同學分享自己的過去，可能是某個時期的自己，或是重要的回憶，反思成長的意義，與自己的改變。

2. 圖文創作

請同學拍「三張」以校園人、事、物爲題材的相片，運用這三張照片，連結自身思緒，可能是新入學的喜悅、剛離家的雀躍，或是甫外宿的擔憂。創造一篇圖文作品，可寫散文或寫詩，表達成爲大一新鮮人的酸甜苦辣，創造值得珍藏的回憶。

延伸閱讀

1. 郭箏著：〈好個翹課天〉，收錄於《好個翹課天》，新北：印刻，二〇〇三年。

此篇乃是作者描寫當年都市裡那群不愛念書的高中生生活，翹課、打撞球、看電影、泡咖啡廳、參與派對等，他們終日在西門町瞎混，甚至打起架來，看似脫序且不堪，但卻是許多年輕人共同的眞實青春，讀書什麼的，他們早已忘記。

2. 吳鈞堯著：〈勇者〉，收錄於《熱地圖》，臺北：九歌，二〇一四年。

此文由〈父親中風〉、〈外婆中風〉、〈二伯中風〉三篇短文改寫而成，記錄了作者生命中三位重要的長者，曾經如此敬仰的他們，終究抵抗不住歲月的侵襲。當作者長大，他們也老化了。不過，身體雖然會衰敗，但他們過去勇敢面對時代考驗的勇氣，已長存於作者心中。

3. 蛋堡（杜振熙）著：〈少年維持著煩惱〉，收錄於孫梓評、吳岱穎主編《生活的證據：國民新詩讀本》，臺北：麥田，二〇一四年。
蛋堡，是一位音樂製作人、饒舌歌手，在〈少年維持著煩惱〉裡，他用輕快的旋律搭配像詩一般的押韻文字，唱著青春期男孩曾有的各種困擾與疑惑，寫出每個人在成長過程裡多少擁有過的回憶，文字直白，卻韻味無窮。

4. 杜汶澤主演，李卓斌執導：《G殺》，九龍：發行工作室，二〇一八年。
這部電影圍繞著殺人刑案發展，以黯黯氛圍論及同儕霸凌、親子失衡、師生戀情、警匪勾結等可能發生在你我周圍的問題，悲悲戚戚，也許你曾力圖改變，但又無力挽回。最令人哀傷的地方，不是劇情，而是現實就是如此。

5. 馬世芳著：〈朱老師〉，收錄於吳岱穎、凌性傑編著《青春散文選》，臺北：三民書局，二〇二〇年。
此篇是作者回憶高中導師的作品。朱老師無論是外形或言行舉止，皆與當時常見的「老師」大相逕庭，用他獨特的教學方式，陪伴著學生成長。這種「麻辣鮮師」，總是讓學生又愛又恨，就算經過多年，仍是難以摩滅的青春記憶。

第2單元　題目：

系　學號：

姓名：

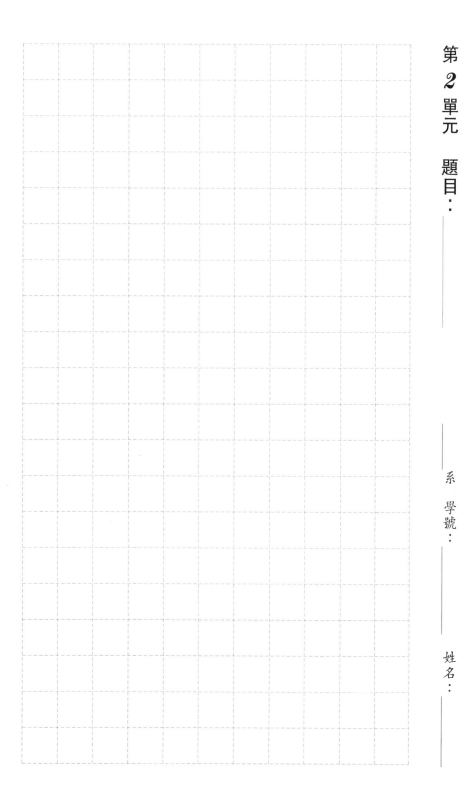

3

情感學分

黃雅琦撰稿

主題

在情感的探索中，修煉愛情的學分。

學習目標

一、自我覺察

情愛萌動的時光，可能是生命中難以忘懷的記憶。情感的探索，不僅是了解其他個體，同時也是認識自我，思索未來想過什麼生活的重要過程。生命皆有年限，無從親歷每一種情感的滋味，但可以透過閱讀和反思，從他人的情愛故事看到占有與關愛、衝突與解決、緊密與尊重，從而發現各種「心之美好」，爲自己尋找更適合、更好的生活。

二、生命情感

亞里斯多德認爲：「人們終其一生所追求的無非幸福！」如何獲得幸福？取得學歷、擁有財物、獲得權力，就能擁有幸福嗎？幸福並非來自外物，而是來自反思：反思生活的情境，人際的關係，親情、友情與愛情的經營。情感學分，是一輩子的功課，如何勇敢而不衝動、欣賞而不嫉妒、審愼而不逃避、同理而不濫情，一旦領略其中微妙之別，與幸福的距離便不再遙遠。

三、創造力

每個人所譜出的愛情旋律各自成調，你可曾仔細聆聽自己心裡的愛情之歌？本單元引導同學寫一封信給情人，告訴對方自己的感受與期待。此外，也引導同學好奇長輩的愛情往事，了解他們在婚姻中的相處之道，撰寫一篇愛情訪談錄。

文本閱讀與引導

1〈上邪〉／佚名

◎閱讀引導

〈上邪〉一詩的層次分明。第一層先呼喊主宰「上邪！」，接著表達自己想要和愛人相知相守到老的心願，第二層提出了五種不太可能的假設，以堅定的語氣向上蒼發誓，顯現出熱戀當頭的小兒小女獨有的天真浪漫，第三層再扣住第一層的稱名祈願，和第二層的誓詞，做出似反而正的結論。「乃敢與君絕」的真正意涵其實是：我永遠不會與你分開。

◎文本閱讀

上邪！
我欲與君相知，長命無絕衰。
山無陵，江水爲竭，冬雷震震，夏雨雪，天地合，乃敢與君絕。

選自《樂府詩集》

2〈有所思〉／佚名

◎閱讀引導

〈有所思〉論者或說其爲「刺淫奔之詩」，或謂其爲「逐臣見棄於其君之作」，也有人說這是「藩國之臣，不遇而去，自抒憂憤之詞」。但若僅從文意來看，它就是一首風格強烈且特別的情詩。詩可分成四個部分：前五句爲第一個段落「有所思，乃在大海南，何用問遺君？雙珠玳瑁簪，用玉紹繚之」，表明了女主角對於遠在天涯的情郎綿長的思念，與無限的珍重。第二個段落，情緒急轉直下，當眞心的女主角忽然「聞君有他心」，付出的深情被重重敲擊，只能以「拉雜摧燒之，摧燒之！當風揚其灰」表達她內心難抑的憤慨。這裡作者用了細膩的筆法，去刻劃出女子的動作，呈現出女子由愛轉恨的心理變化。「拉雜摧燒之」五個字中有四個動詞，三句話裡有五個動作，充分展現出詩歌語言精鍊的特色，而連續兩次使用「摧燒之」，不僅強化了女子遭逢背叛時的氣憤矛盾，也表現出詩歌是具有「節奏性」的文類特質。然而，詩終究是詩，不會耽溺不返，一瀉千里，因此第三段寫道，「從今以往，勿復相思！相思與君絕。雞鳴狗吠，兄嫂當知之」，女子很快地收拾散落的情緒，對未來有明確的方向。而末了的「東方須臾高知之」則是借景寓心，意有雙關。

◎文本閱讀

有所思，乃在大海南。
何用問遺君，雙珠玳瑁簪，用玉紹繚之。
聞君有他心，拉雜摧燒之。
摧燒之，當風揚其灰。
從今以往，勿復相思，相思與君絕！
雞鳴狗吠，兄嫂當知之。
妃呼豨！
秋風肅肅晨風颸，
東方須臾高知之。

選自《樂府詩集》

3〈絕版〉／許悔之

◎閱讀引導

〈絕版〉是詩人〈書之繭〉六首詩組中的第四首。描寫對昔日戀情的感懷與思念，全詩借書喻情，設喻精采。詩中多處引述書籍的專有術語，有伏筆、有描摹，風與書的意象鮮明且意境空靈，對於讀者而言並不難理解。同時藉由《詩經‧蒹葭》文化符碼的類比，讓這首簡短詩作，串接起千古同然的永恆追尋，餘韻悠遠而綿長。

◎文本閱讀

你我相遇於風中
彼此用手掌
小心翼翼地將這段相逢
呵護成唯一的序
早在遙遠的三千年前
便寫入〈蒹葭〉的傳說裡
如今
風翻開的每一頁
都不可圈點
是孤本，且永遠絕版

選自《不要溫馴地踱入，那夜憂傷：許悔之詩文選》，臺北：木馬文化，二〇二〇年

4〈借來的時光〉／凌性傑

◎閱讀引導

談及愛情，若從純愛往前再進一步，很難與身體無涉。耶魯大學社會心理學家羅伯特．史坦伯格，曾提出著名的愛情三角理論。他認爲愛情是激情、親密、承諾三部分所組成。單純的親密是喜歡，只有激情是沉溺，剩下承諾則是一種空洞的負擔，唯有三者平衡才是完美愛情。作者藉由朋友安所分享的一則則青春寓言，辯證著愛與不愛，欲望與孤獨的問題。身體是理解他人的方式也是界線，親近的陌生感有時不只對於眼前人，也可能是對於自身的渴望或懷疑。身體是時間的記錄器，它有清楚的記憶與感受，有時節制有時樂在其中，然而心靈空虛或者飽滿，只有自己最清楚。

◎文本閱讀

很喜歡安跟我說的，那些跟身體有關的故事。這一則又一則青春的寓言，沒有教訓，只有感傷。上大學後，安試圖用自己的身體理解他人，他人也透過身體來理解安的一切。我們常常願意相信，理解不是不可能。但我又覺得，身體就是界線，即使彼此的體膚緊緊相依，也無法全然感同身受。自我與他人，永遠無法交融。察覺了無法交融，一顆孤獨的心變得更孤獨。

與我相識多年，安始終努力地畫著，希望筆下可以一點一滴凝聚熱情與仰望。安說起創作的困境：從一系列自畫像作品中，發覺要處理自己的情感與欲望，眞是不容易。我在網路上點選他的畫作檔案，一幕幕早熟的風景迎面而來。我無法相信眼前所見，那竟是安對自己肉身的理解。不論是炭筆素描或是油彩，構圖都極爲跳脫、大膽，然而肢體始終蜷縮，無法奔放。特別是臉部的色調，往往一片灰黑或蒼黃。五官模糊，變形扭曲。這讓我不由得猜想，他對自己是否存有許多懷疑。懷疑這存在的軀體，究竟有多眞實。懷疑著靈魂，究竟能夠承受多少折磨與痛苦。

那一定是關於愛與不愛的辯證吧。有些事情畢竟不需明說，也無法明說。而那些事，身體都知道的。安說一切來得太快，沒有防備的時候，剎那間都成爲了過去。過去讓它過去，最麻煩的，是跟自己過不去。已經消瘦許多的他，直嚷著太肥，還想要變得更瘦。我們在天台上站著聊天，他燃起一根菸。熒弱的月光照射下，他臉部的線條稜角分明。青春的他跟我說，原來長大是這麼一回事。有回跟同學喝得爛醉，他很動物性地發洩欲望。把自己放進一個潮溼的洞穴中，抽離的時候突然對自己感到陌生。

「身體是這麼噁心的事嗎？」他好疑惑，又點起第二根菸。

這段時間以來，安一直躲著那女孩。安與她之間，沒有愛與不愛的問題，只是尷尬的感覺一直沒辦法去除。本以爲避不見面，事情就會好一些。安嘆著氣說，沒想到自己的身體變得好髒好髒，一顆心已經好污濁，或許才是問題所在。畫著自己的身體，卻怎麼都畫不完整。渴望自由與完整的心情，因此成爲一場災難。

我笑著說，這完全是一種想太多的痛苦。我曾目睹許多放縱身體的人，貪得無厭，毫不節制。他們樂在其中，不覺得有任何傷痛。因爲不用思考，什麼都可以不用後悔，什麼也都不構成傷害。年華盛極之後，就是不斷地崩壞。青春一瞬，舒不舒服、自不自在，唯有自己知道。

身體是一件記錄器，留存了時間的故事、空間的質量，以及自己或重或輕的人生。有時它承受著摩擦、撞擊，有時則獲得了潤滑、撫慰。它是這麼孤獨，渴望著星光的投影。我們緩步下樓，在夏天的夜風裡微微發汗。

相互道別後，在我眼前浮現了一幅後現代水墨：他跨上機車揲揲而去，那背影在黑暗中隱約發著光，逐漸遠去，消失。這是安的青春租借地——會哭、會笑、會流汗，也終將會發臭的身體。我與他並沒有什麼不一樣：在世界的畫布上，各自用身體靜靜塗抹時間的軌跡。

選自《男孩路》，臺北：麥田，二〇一六年

5〈銀牙男與亂牙女〉／蔡淇華

◎閱讀引導

婚姻是愛情學分裡重要的一課。現代人未必選擇進入的婚姻形式，但兩個人全方位三百六十度、無遮掩地朝夕相處，是人們總會經驗的生活日常。作者描述了自身因裝了義齒而銀光閃閃的門面，以及天生戽斗矮小產生的自卑感，致使他在愛情的圈子裡一向不太討好。然而有一天，他卻幸運遇上了生命裡的女神（女神自覺牙齒亂），兩人慶幸對方能看上自己，婚後二十年依然如此……。很多人努力追尋著所謂的完美，殊不知完美並不美，不完美有時很美。好與不好，美與不美，並沒有固定的標準，所謂「美醜無定形，愛憎無正分」（《劉子・殊好》），適合即是美好。彼此欣賞、懂得感恩，誰都能是對方最理想的人生伴侶。

◎文本閱讀

「妳怎麼看得上我？」

「我才要問你，你是怎麼看上我的？」

這是結婚二十多年來，我和妻之間沒有間斷過的對話，很好笑卻也很眞實，因爲我還無法「習慣」一件事，那就是每天醒來發現身旁一襲青絲，髮絲下有調勻的呼吸起伏，總覺得很不眞實。當下尋思，劣質如我怎有此榮幸，邀請到另一女子參與我的生命。待幾縷朝暉掀開我的眼，才瞭解這不是虛擬世界，然後感恩的對自己說：「對齁，我眞是狗屎運，像在看自己主演的電影，睜著眼睛做夢。」

小學時貪玩把門牙撞斷，家人帶我去裝了義齒，銀的，在陽光下會bling bling的那種，從此我不敢咧嘴大聲笑，加上皮膚黑，天生咬合不正（戽斗），個子又矮小，讓我帶著濃濃的自卑感進入青春期。

高中和大學時看著身旁男同學，因爲帥氣英挺、幽默風趣或是舞藝超群，一個個進入死會狀態，形單影隻的自己，只能陪著心中的那個銀牙男自怨自艾。大二時，終於談了生命中的第一次戀愛，但一句「我們不適合」就讓花季結束，我更自卑了。

出社會後，友人一句話：「幫你介紹女朋友，二十三歲，沒交過男朋友。」我遂遇見了現在的妻子。其實從初見、交往到結婚，我都有當「騙子」的感覺，因爲高挑清麗的妻子是學生時代衆男子追逐的對象，怎麼有可能會選擇相貌平平、家無恆產的我？「我一定是個騙子！」我如是說服自己。

結婚多年後，好奇妻子爲何照相時總不願露出笑容。「因爲我有一口雜亂的黃板牙！」那日妻子終於說出心中的祕密。

「妳牙齒哪有亂？妳的虎牙超可愛的好不好！」我哈哈大笑。

「我的牙齒好黃，好醜！」

「牙齒黃代表是眞牙，哪裡像我的嘴裡一口假牙。」終於知道妻子心裡長久的祕密，也明白她爲何會買強力潔白牙膏。

我這些年來病痛不斷，二十幾歲才知道自己有「青蛙肢」（中醫肌纖維化攣縮症），三十幾歲得了白內障，四十多歲兩眼都換了人工水晶體，常跟老婆開玩笑：「妳嫁給一個怪胎。」但妻子似乎毫不在意，我除了感激，還是感激，想想能做的，就是「成爲一個更好的自己」。

上週從書架拿下大學時代買的《自卑與超越》，讀到其中的句子：「感覺到自己的卑下、不如人，是所有人類的正常狀態，也是人類向上的原動力。」太有感覺了，連忙上網查詢作者阿德勒的生平，才知道他小時後得了軟骨症，童年過得很不快樂，因此他立志長大要成為一位醫師。身體上的病弱是他最大的自卑感來源，卻也是他日後成為一代心理學宗師的強大動力。原來自卑並無壞處，若能善加運用，那會變成優秀的基因。

好不容易走過漫長的青春寂寥，很想告訴那些還徘徊在愛河兩岸的自卑者，不要羨慕那些輕易過河的「人生勝利組」，或許我們唯一能做的是認清自己的不足，每天不斷訓練肌力，總有一天能輕易游到對岸，與一生的伴侶共看日升月落。

或許，我也要感激妻子奇怪的自卑，讓她一直不敢碰觸人間情愛，最後讓我等到了（哈哈）。

這幾年爆得虛名，每當他人用太誇張的形容詞在我身上時，那還住在我心底的自卑總會跑出來警告我：「別太驕傲了，你只是一個充滿缺點的銀牙男，但還好，你還有機會，只要常提醒自己努力成為更好的人，老天就會應許你，遇到全世界最完美的亂牙女。」

PS. 老婆四十幾歲才矯正牙齒　現在又白又整齊了啦！

選自《有種，請坐第一排》，臺北：時報，二〇一五年

6〈我那眞實存在但無法被看見的同志家庭〉／勇哥

◎閱讀引導

勇哥〈我那眞實存在但無法被看見的同志家庭〉，如實寫出了同志的處境，其文采平淡，然貴在眞誠，且文章訴求與理路脈絡，亦清晰適切。文中以「不被祝福的婚禮」、「被兩個家庭切割的生活」、「家中的隱形人」、「他出車禍，我被迫成為外人」，分別指陳同志愛情的艱難困境，末了以「夢醒」反思十八年忠貞的伴侶關係，眞的需要被保障，也表明他們渴望被看見與尊重。目前臺灣同婚雖已合法，但整體社會和制度面還有很長的路需要走。

◎文本閱讀

我甫過三十歲生日後的第一個春天遇見目前的伴侶，至今已邁入第十八個年頭，我們一週同住三天、各自回到原生家庭的晚上十一點我們一定通電話、一起上健身房運動、共同買房子、一起規劃與準備老年生活。在異性戀婚姻歷程中，我們也該算即將邁入空巢期的老夫老妻了。但在身分證上，我們的配偶欄仍寫著「無」；報稅時，我們都以「單身」名義申報；在同事眼中，我們都是「學歷高到以至於眼光過高」的單身貴族。換言之，我們十八年的伴侶生活並不存在別人的眼光中，但這並不影響我們在生活中彼此相互扶持、相互照顧的意願與事實，只是我們必須隨時注意別人不友善的眼光。

無法被祝福的婚禮

認識彼此的當年秋天，我負笈遠渡重洋攻讀博士學位，曾考慮要爲新戀情放棄讀書計畫，但另一半告訴我：「我不要你爲了我做出你以後會後悔的事，我會等你回來。」我知道他眞的愛我。分離一學期如同三秋，相思讓我們更確定對彼此的重要，那年冬天爲了堅定四年因求學必須分離兩地的遠距關係，我們在舊金山的友人家中，不到十名密友的祝福下，自行舉辦婚禮。那是我一生最快樂的一天。因爲還沒有向父親出櫃，最愛我、也最期待我結婚的父親沒有出席，知情的大姊曾經要阻止婚禮的進行，我回答說：「屬於爸爸的婚禮，等他接受我們時，我會爲他再舉行一次。我的婚禮是個永遠的進行式！」這才讓大姊同意以家長名義出席我的婚禮。

婚禮後，我把結婚照片留在台灣的家裡，讓爸爸有機會「看見」。一年後的寒假，我回到台灣，一如以往般，早晨陪爸爸散步。出門後，爸爸從後面拍拍我的肩膀，告訴我：「恭喜你！」我佯裝不知地問：「恭喜什麼？」爸爸說：「恭喜你結婚！」之後，他再也沒說什麼。望著爸爸的背影，我不知道他度過多少無眠的夜晚，接受了他不曾理解的世界，只因爲他愛我。

被兩個家庭切割的生活

但是，祝福我不代表我爸爸可以全然接受另一半進入家庭中成爲一份子。爸爸不知道如何面對這位一百八十公分高的帥哥「媳婦」，每次家庭聚會，只要另一半出現，爸爸的表情與舉止就不自在。我知道要住在一起兼顧原生家庭與我的同志家庭，對我仍是遙遠的夢。取得博士學位返國任教，我們終於可以組成自己的家，但因為對原生家庭的照顧責任，我的生活只好一分為二，週三、五、日是我與伴侶的家庭生活，其餘則是我回到原生家庭的時間。這樣的安排是配合週三、五的規律運動時間，並讓我與伴侶可以從週五晚上到週六下午有完整相處的時間，週六晚上我們各自回到原生家庭中當「好兒子」，我回家途中會採買一週的食物，週日早上會煮一頓豐盛的午餐，並把一週的菜準備起來。週日傍晚我與另一半會再度碰面，度過平靜的兩人世界，準備另一個忙碌一週的開始。

相較於異性戀夫妻，我們可以當伴侶的時間不多，一週只有一個早上、一個下午與三個晚上，所以很珍惜僅有的時間，盡可能維護這屬於自己的家庭時間。因為時間這麼少，都希望在一起的時間都是快樂的。我們會發展出很多讓彼此都很快樂的相處方式。我們彼此給對方暱稱，那是從心底對彼此的珍惜，總是不吝於告訴對方「我愛你」。我們會在生活中玩遊戲，當我開車去接他，只要他讓我多等，他上車時我一定要他待會請吃飯，外加看電影。我喜愛大自然，所以對植物名稱瞭若指掌，走在路上，我會教他記住不同植物的名稱，並不定時的抽考。一方面滿足我不能到野外的遺憾，另一方面，看到他逐漸進入我的自然世界，我也很高興豐富了他的世界。

但這不代表我們之間沒有拉扯。我的外務多，每次都會佔用到屬於他的時間，我會希望他可以一起參與外界活動，尤其是同志運動，但他希望我們要有屬於自己的時間，所以我總是在他的極限邊緣，勉強維持對同志社群的參與。他是個城市男孩，喜歡看電影、逛街、看家電，而我喜歡到戶外看山看水，爲了妥協，我逐漸習慣看電影過週末，他也會偶而體貼地提議去外地泡溫泉，讓我透氣。

走在公共場合，我們無法表達親密，只能在電梯、停車場偶而消逝的瞬間，讓對方知道你深愛著他。在百貨公司逛街，常發生的景象是他遇見同事或客戶，他會帶著我躲的遠遠的；如果實在躲不過，我們會馬上自動彈開，我會繼續假裝不認識他，繼續往前走到不遠處等他。

家中的隱形人

回到我們的家中，外界的監視並沒有因此而不再存在。因爲另一半沒有對家人出櫃，所以他家人不知道我們同住在一起，因此，爲了不穿幫，我在家中從不接電話，以防他家人，尤其是他媽媽打電話來。爲了維護我們同志伴侶家庭生活的存在，我必須成爲隱形人。

過去十八年來，我都是以「好朋友」的身分出現在另一半家裡。純樸、踏實的勞動階層家庭讓他們對人眞誠接納，只是在催婚的同時，會說「爲什麼王仔也不結婚」。以好朋友的姿態，我參與他們家庭的生活種種，也成爲他們家庭的一員。

因爲伴侶關係沒有被承認，另一半買房子都是用個人名義，我無法參與。拜台北房價高漲之賜，我們以房價太高負擔太重爲由，找他弟弟一起三人合購第二棟房子再轉手賣掉。對於外人的加入，他家人有些不安，我們還訂定契約，明定「以後如果有一方不願意賣，其他兩方可以出資購買其所屬的權益，第三者不得拒絕」。從他父母的角度，我是那個第三者；但從我們的角度，他弟弟才是那個可能不願意賣的第三者。就在各自表述的情況下，我們第一次共同買房子。買第三棟時，另一半以「找王仔來分擔房貸」爲由，與我一起合購。於是，我們總算有了彼此共同的房子。

他出車禍，而我被迫成為外人！

聽起來，我們的同志家庭生活似乎很平順，雖偶有狀況，但都可以解決，沒有遭到明顯的阻礙。直到去年底另一半騎摩托車摔車，才驚覺到我們的伴侶生活是如此脆弱不堪一擊。那是一個週日的傍晚，我與另一半還有他弟弟約在一〇一大樓碰面，見面時，我看到另一半精神萎靡，才知道他騎摩托車摔倒，造成手腳大片擦傷瘀血。他只回家換衣服就來赴約，傷口還沒有清理。因此當下我與他弟弟決定先帶他到醫院處理傷口。進到醫院急診室，另一半要褪去衣服接受醫生檢查，在當下關係遠近的排序下，這樣親密貼身的動作就由他弟弟代勞，我就一如在賣場遇到他同事一般，佯裝外人走到旁邊。儘管我心裡關切另一半的傷勢，但我不能參與，甚至無法形於言表，否則會引人疑竇。我努力克制自己的情緒，扮演一個外人的角色。等傷口包紮好後，開車帶另一半與他弟弟回到我們的家。回到家中，我必須裝作對這個環境不熟悉，一舉一動還要刻意詢問，裝作是個陌生人。他弟弟貼心地繼續照顧他，幫他用毛巾擦澡，而我仍只能是個關心的朋友。當告一段落時，我告訴他弟弟，可以在回家途中順道帶他去搭公車，於是一起告別後出門。在送他弟弟到公車站牌後，繼續前行，直到稍遠處才掉頭回到家中，在沒有外界監視下，以伴侶的身份照顧行動不便的另一半。

這件事情的幸運之處在於另一半只是皮肉傷，他還可以自行回家，如期赴約；但也正因爲他的傷勢不重，才讓我驚覺我們伴侶關係的脆弱性。這樣一個輕微的受傷，我做爲伴侶去照顧另一半的機會與權利就被剝奪。只是小小的傷口包紮，我就已經如同外人，必須在外界監視下行禮如儀地完成一個外人應有的規範，在別人都離開後，我才能表達我對生命至愛的關心。如果他今天傷勢嚴重，我可能會是最後一個被通知的人，甚至不會被通知。如果我因此錯過與他最後相處與道別的機會，我不知道我將如何面對自己，並無憾地度過餘生。

夢醒：如果我們任何一人走了，這一切都將不存在！

想到這裡，驚出一身冷汗。我以爲十八年忠貞的伴侶關係會換得異性戀社會對同志伴侶的尊重，但卻發現只要你不是異性戀婚姻，你就得不到保障，即使是照顧另一半的權利，更遑論我們花費十八年所建立的生活世界。只因爲我們不被看見。

選自《我的違章家庭：28個多元成家故事》，臺北：女書文化，二〇一一年

單元書寫與引導

1. 寫一封給情人的信

愛情所面對的情境因人而異，也因時而異。愛情是一種修煉，它讓我們學習與人親密互動，從而更認識自己，成全更好的彼此。如果你談過戀愛，或正處於戀愛期，請誠懇地寫一封信給你的情人，告訴他你的感

受、期待，或是還沒對他（她）說過的話。如果你尚未談過戀愛，請試想有朝一日你遇上未來的情人，你想告訴他（她）什麼，比如你是個怎麼樣的人，你對愛情有什麼期待。

2. 愛情訪談錄

自由選擇一位信賴且願意接受訪談的長輩，聽聽他（她）們的愛情往事，或婚姻中磨合的歷程。建議設計十題以上的提問，撰寫形式可以是散文，也可以是經潤飾的問答稿。請勿杜撰，附上採訪照片爲宜。若長輩能提供有助於訪談的文件資料，可一併於訪談錄中載錄（須加註說明）。

延伸閱讀（文字和影像）

1. 徐志摩著：〈我不知道風是在哪一個方向吹〉，收錄於《徐志摩全集》，臺北：華威國際，二〇一八年。
徐志摩多情浪漫，一生情史豐富。撰寫這首詩時，是第二段婚姻時期。斯時與陸小曼在婚姻中的問題叢生，其元配張幼儀學成歸國，在事業上已然是新時代女性的代表。作者在詩中反覆誦詠「我不知道風是在哪個風向吹」，是對生命與選擇感到茫然的低吟。

2. 林徽音著：〈那一晚〉，收錄於《林徽音文集》，臺北：天下文化，二〇〇〇年。
有著民初中國第一才女之稱的林徽音，不僅在建築、美術方面頗有成就，在文學創作上也才華洋溢。這首詩撰寫於一九三一年，隱藏著鮮爲人知與金岳霖之間的柏拉圖式愛情，刻畫了她在家庭、愛情兩難習題中的心情獨白。

3.李喬著：《情天無恨：新白蛇傳》，臺北：前衛，一九八三年。

李喬的作品可以搭配〈白娘子永鎮雷峯塔〉的故事閱讀。在其筆下，白蛇不僅只是勇於追求所愛，更重要的是她被重塑成一個爲了了悟人生意義，不斷追求自我心性成長的意識主體。她以人身歷煉前，便曾思索過一個極具哲學性的問題，那就是：「生爲蛇身之前，我是誰？」

4.李碧華著：《青蛇》，臺北：皇冠，一九九三年。

李碧華別出心裁將青蛇塑造爲說話主體，挑戰了「浪漫愛情乃爲女人一切」的迷思和傳統文化，解構了女人理應爲愛犧牲奉獻的基本形象。

5.楊雅喆執導：《女朋友，男朋友》，電影，二〇一二年。

片中以解嚴年代前後爲創作背景，青春、革命、愛情是影片的基本元素。電影描述了三位主角高中時代、大學時代，以至出了社會後的不同生活樣態。你愛我，我愛她，她愛你，三人間的愛情食物鏈，相愛又時而彼此斲傷。內容涉及了初戀、同志戀情、婚外情，是一部面相多元又具有時代感的愛情影片。

6.柯林伊斯威特執導：《麥迪遜之橋》，電影，一九九五年。

本片敘述一對中年男女在不經意間遇見彼此，在短短的四天相處裡，相愛相知又相惜。這段緣份始於男主角偶然的問路，天性漂泊不羈的男主角攝影師，與樸實的農村有夫之婦，人生似乎不會有任何交集，可命運的安排，卻讓他們在禁忌的不倫戀中發現對方是一生的眞愛。女主角因爲珍愛家人選擇維護家庭，男主角則選擇深埋愛戀退守成全。隱藏了半生愛戀無法相守固然不免遺憾，但女主角最終被兒女所理解，其骨灰被撒入麥迪遜橋下，以另一種形式和男主角再次相逢，也算是實現了未竟的愛情。

第3單元　題目：

系　學號：

姓名：

4

親情羈絆

洪瓊芳撰稿

主題

在親情的愛恨中，建立正向的羈絆。

學習目標

一、自我覺察

沒有人是孤島，每個人都有生養自己的父母，一同生活的家人。我們雖與至親生活在一起，但彼此眞的相互理解嗎？當我們向至親索求安慰與溫暖時，自己又付出多少？若家人給予的不是溫暖的慰藉，而是嚴苛的要求、失序的親子關係時，又總因血濃於水的牽絆，而難以割捨斷絕。每個人的生命經驗不甚相同，他人的反思雖可以借鏡，若能重新檢視自己與親人的關係，更能深刻領略親情的意義。

二、生命情感

一般人認爲，父母對子女的照顧與付出乃天經地義，無論是經濟支援或是情感挹注，許多文學藝術作品也不斷歌詠著偉大的父母心，不求回報的父母愛；可是也有些人的父母親人並非如此。到底是他們失常，還是我們所知太少？什麼樣的過往造就出他們不同常人的容顏舉止？或許暫時放下怨懟不滿，才有機會看淸彼此之間的認知差異，修復本該美好的親情關係。

三、創造力

回憶、思索是種生命的再敘述，也是檢視自己與親人關係的方式，甚至是種重新創造關係的方法。本單元將引導同學搜尋記憶中親人的容顏與言行，發覺彼此間的相似、回想互動中的點滴，重新剪裁記憶中的感受與觀點，創造與親人之間成熟的互動關係。

文本閱讀與引導

1〈紅蘿蔔蛋糕〉／蔡珠兒

◎閱讀引導

從女兒的角度寫失職的母親，蔡珠兒不滿能燒出滿漢素料理的母親，在自家的餐桌上卻永遠只是馬虎炒碟蘿菜，搭配著醃薑醬筍，與發黑的剩菜打發兒女，所以成年後的她對吃飯異常執著，講究烹燒搭配、注重情調儀節……。透過料理飲食，烤紅蘿蔔蛋糕，蔡珠兒重新檢視母親的失職與對宗教的熱愛，那豐潤厚實、暖熱噴香的紅蘿蔔蛋糕一如她對母親的思念與怨懟的消解。

◎文本閱讀

天氣涼下來，想烤個紅蘿蔔蛋糕。拿出雞蛋、紅蘿蔔，秤了奶油，量了紅糖和自發麵粉，倒出核桃和葡萄乾，切了一個橙子，剝出半條香草莢。還沒動手，色香已悄然在廚房流溢，甜點總是讓人快樂。

然而有種酸苦，涔涔從心底滲出。做紅蘿蔔蛋糕，又讓我想起媽媽，雖然她從沒烤過任何糕點，這也不是我記憶裡的家庭滋味，然而去年冬天媽媽病逝後，我竟是靠著它，熬過最困難的時光。

食譜是P給我的。有天去她家，她剛烤好一大盤紅蘿蔔蛋糕，肉質厚實濃郁，充滿乾果香，熱情樸拙有田園風味，不像一般的粗淡甜膩。我向P學了作法，回家後興致勃勃做起來，初學上手躊躇志滿，一連烤了幾次，沉浸在穠麗的甜香裡。

有一晚我又在烤蛋糕，忽然接到妹妹的電話，糖尿病纏身多年的媽媽，突然衰竭休克，送進了加護病房。

翌日我趕回臺北，和妹妹弟弟在醫院守候了七個日夜，深度昏迷的媽媽始終沒有醒來，然而當我緊握她的手，她的右眼不斷流出淚來，醫生跟我們說她已腦死，但他無法解釋淚水由何而生。等到淚水逐漸乾涸停止，在一個陰寒徹骨的雨夜，媽媽終於走了。

回到香港後，我並不特別悲傷，只覺得空蕩，呆滯，茫茫然。於是又開始做紅蘿蔔蛋糕。把紅蘿蔔洗淨削皮，一根根刨成絲，空蕩蕩的時候最宜勞動，刨了許久都不手痠。

媽媽消失了，但我感覺不到消失於何處，分不清日子和以前有什麼兩樣；我早已習慣沒有媽媽的生活，沒人可以撒嬌，訴苦，商量。從我八歲那年，爸媽就開始熱衷宗教，總是風塵僕僕，奔走於道場、法會和教友之間，不見人影，撂下家裡幾個孩子自力更生，我很早就學會煮飯，站在椅子上炒菜。

把雞蛋、橙皮、融化的奶油、篩過的糖和麵粉，一古腦倒入紅蘿蔔絲裡，攪拌均勻。媽媽喜歡做菜，她把這遺傳給我。上百位教友聚會，媽媽巧手燒出獅子頭、燻火腿、枸杞海鰻、滷豬腳和麻油雞，全都是素的。然而家裡的飯桌上，她只馬虎炒碟蕹菜，舀點醃薑醬筍，再拼湊些發黑的剩菜。她刻苦儉省，認爲此生只是過渡，湊合著塞飽就算，到了彼岸自有福享。

這深深傷害了我。爲了平反，成年後我對吃飯異常執著，講究烹燒和搭配，注意情調和儀節，絕不邋遢苟且。我要向寡淡無味的童年伙食報復。

把核桃、葡萄乾和香草汁拌入麵糊，倒進抹油的烤盤，放入烤箱。豐美的香味源源泌出，由鼻而心灌滿空蕩的體腔，我並沒有挨餓，然而味蕾長期貧瘠荒涼，缺乏滋沃的熱量，使得心靈軟弱瘀傷。

四十五分鐘後熄火，取出蛋糕，熱香狂恣流竄。多年以後，我才逐漸察覺，不識字的媽媽，在宗教裡傾洩她對人生的熱情，一如我對文字的痴戀。在失職的母親和自私的女兒之間，諒解是多餘的，但在她汩汩的淚水裡，我知道她原諒了我。

在夢裡，我烤了紅蘿蔔蛋糕給媽媽吃，豐潤厚實，暖熱噴香，我說，媽媽，妳沒有給我的，我自己做到了。

選自《紅燜廚娘》，臺北：聯合文學，二〇〇七年

2〈疤痕、香奈兒No.5與其他〉／陳文玲

◎閱讀引導

一個極度講究裝扮、梳化的母親，一個重度菸酒的母親，一個重男輕女的母親，一個曾做過隆乳手術的母親，一個拿過多次小孩的母親，一個與至親互相訴訟的母親……陳文玲既不解母親，卻又在母親離世前後努力尋找她的味道和模樣神情，那風情萬種的母親有多少故事未曾跟兒女訴說，一如母親的那根斷指，作者從未跟母親求證，母親也不曾開口解釋自己的斷指，看似疏離卻又切割不斷的親情，道出生命的交會與思念。

◎文本閱讀

第一次仔細看媽媽的身體，是在榮總的病床旁邊。

剛下飛機，我就直奔醫院，那時媽媽已經因爲腦溢血而昏迷了一個星期。見到媽媽的時候，我其實不大認得出她。媽媽的臉因爲插著呼吸管而有些扭曲，她的身體，則因爲器官功能不斷衰退而顯得浮腫。我握住她的手，溫暖堅實依舊，只是沒有反應。醫生說，媽媽被送進醫院的時候就已經腦死了，家屬能夠做的，只是陪伴和等待。

在陪伴和等待的過程中，我常常覺得很害怕。特別是當所有的人離開，只剩下我和媽媽兩個人獨處的時候。那一刻，世界彷彿在瞬間安靜下來，房間裡什麼都消失了，只剩下呼吸輔助器還存在，我雖然

極度厭惡那種一壓一縮的聲音，卻更擔心它會不會忽然停下來……。爲了減輕心裡的恐懼，我想出一個辦法，就是站在病床旁邊，仔仔細細地看媽媽的身體，把她最後的模樣牢牢地記進心裡。

媽媽是個愛漂亮的女人。每次見面，總是不厭其煩地問我：「妳看，我今天的精神還不錯吧？」「媽媽有沒有瘦一點啊？」「我這個頭髮還好看吧？」「妳說我看起來像幾歲啊？」我是個小甜嘴，答的都是媽媽喜歡聽的。三姨說，爲了養顏美容，媽媽有段時間每天都用牛奶洗澡，還吃了好多年的珍珠粉。內湖的家裡，大大小小的冰箱有好幾個，裡面有食物，還有一堆名牌化妝品、保養品和健康食品。雖然媽媽很會打扮，我卻從來沒有機會跟她學學這些女人的工夫。有次爲了喝喜酒，跑去找媽媽幫我化個妝，畫出來又美又自然，足證她功力一流，不過光是上妝就花了兩小時，卸妝還要一小時，我才明白美的代價除了金錢、還有時間，難怪媽媽出門老是遲到。陷入昏迷的媽媽，氣色當然不比從前，頭髮因爲許久未染、未梳理的緣故，也不復記憶中的濃密烏黑，不過，還是可以從細嫩的皮膚看見媽媽多年以來用心保養的成果。

媽媽有不少朋友做過小針美容，年紀大了以後，那些假鼻樑、假臉頰、假下巴都鼓了起來，整個臉看起來僵硬又腫脹。媽媽的臉蛋幸運地逃過了一劫。五十歲以後，媽媽口口聲聲說要去日本拉皮，還繪聲繪影地告訴我拉皮手術的種種細節，我每次聽完，全身都會起雞皮疙瘩，久久不能平復。不過媽媽並非完全沒有動過自己的身體。在榮總的某一天，我發現媽媽的胸口有兩個拳頭大小的硬塊，我把哥哥叫來，兩個人都看不出個所以然來，於是把醫生請過來。醫生檢查了一下，委婉地告訴我們，那是隆乳手術留下的後遺症。我把這個爆炸性的消息告訴爸爸，爸爸卻沒什麼反應。後來他告訴我，當年正是他陪著媽媽去圓環附近的醫院動手術的。

媽媽拿過小孩，好像也不是什麼秘密，不過每個人告訴我的數目都不同。爸爸說，那個年代，大家都沒有什麼避孕的觀念。媽媽的小腹有一道長長的疤痕，應該是當年子宮外孕留下的記號吧。媽媽年輕的時候愛喝酒，開刀的時候，麻藥對她起不了什麼作用，所以幾乎是在沒有麻醉的情況下，硬是把子宮和兩個卵巢摘掉的。因爲這次痛苦的經驗，媽媽出院以後，在菸酒這兩款嗜好上收斂了許多，也開始定期注射女性荷爾蒙。

媽媽的左手少了一根指頭，平時就戴著一個塑膠做的手指套。第一次看見媽媽的指套，我著實嚇了一跳，但是不敢當面問她發生了什麼事。回家問爸爸，爸爸說媽媽的狗寶寶們打群架，她爲了把牠們拉開，不小心被咬斷了無名指。我也問過其他人，但是大家總是顧左右而言它，所以我始終不太相信爸爸的版本。自從媽媽戴起了指套，我注意到在我面前她會刻意地把左手藏起來。從這件事情，就可以看出我們母女相處的渾沌——媽媽明明知道我知道卻什麼也不說，而我明明知道媽媽知道卻一點也不問。在媽媽過世前的那幾年，我的膽子越來越大，常常問她一些尖銳敏感的問題，像是「妳一生中究竟最愛誰啊？」「妳爲什麼那麼重男輕女呢？」可是，我一次也不曾開口問過那根手指的事。

媽媽有肝病，這是從她的病歷裡查出來的。李阿姨說當年的「明園」是家族企業，阿公和阿姨出了些錢，所以也一起管店。有一次，媽媽向人周轉了六萬元買冷氣，把錢暫時交給阿公保管，沒想到冷氣送來的時候，阿公卻矢口否認錢在他那裡，媽媽又怒又急，結果就得了肝病。三姨說媽媽那次病得很重，爲了治病，不得不向高利貸借錢。此後媽媽就和阿公處不好。媽媽曾經請一位姓盧的律師幫她打官司，後來這位律師變成了劉家的「家庭律師」。「家庭律師」的職責不只是回答法律問題，還包括接受家庭各個成員的委任——剛開始是阿公請她告媽媽，隔一陣子阿姨也請她告媽媽，爲了一筆錢媽媽又請她告阿公，父女姊妹一生相告不知道多少回。

我望著病床上側臥的媽媽，總覺得好像失落了些什麼……想來想去，是媽媽的味道、媽媽的聲音和媽媽的神情。

媽媽只用香奈兒No.5。不知情的我，曾經送過她各種名牌香水，媽媽過世以後，才發現三宅一生和克麗絲汀．迪奧還原封未動地擱著梳妝台一角。不過，媽媽的味道並不是百分之百的香奈兒，四十幾歲之前，還混合著台灣啤酒與長壽香菸的氣味，開刀以後，她的祕調配方就變成了百分之六十的香奈兒、百分之三十的萬寶路和百分之十的咖啡。我從小就特別注意各種氣味，春天的花、夏天的雨都很香，但是比不上媽媽那種有點甜膩、又有點風塵的女人香。媽媽平時穿得很考究，她那些珠光寶氣的衣服我一點也不愛，但是有機會的話，我會跟她要幾件帶回家，因爲衣服最容易保存氣味，我總在沒有人看見的地方，抱著衣服，像吸毒一樣地吸上好幾口。

媽媽的聲音很好聽。爲了證明這一點，我曾經叫我的大學同學在分機裡偷聽媽媽說話。他們說媽媽的聲音亮亮脆脆的，很果斷，也很有女人味。除了聲音好聽，媽媽也有那麼一點語言天分。她的母語是台語，如果跟我說話，多半都用國語，但是聽不出來一點點本省腔；如果是跟爸爸討論事情，她就會用上海話，爸爸甚至承認媽媽的上海話說得比他還好。但是我認爲媽媽講日語的時候最迷人。有一次我們家族在「青葉」聚餐，媽媽提到她年輕的時候長得漂亮，在中山北路一帶的餐廳裡吃飯，常常會有日本人過來搭訕，爲了表示所言不虛，媽媽當場用日語說了一段敬酒勸菜的話給我們聽，那種酥酥軟軟的語調，任憑誰都無力抗拒吧。

媽媽過世以後，我在她內湖的家裡翻箱倒櫃，找出幾張她年輕到老的照片，覺得不這麼做，就會漸漸忘記她的模樣。可是照片畢竟是瞬間的、凝結的，沒有辦法重現媽媽的神情，讓我很失望。隔了一年，當時的台北市長陳水扁下令廢公娼，我跟著一群朋友到處幫公娼加油打氣，結果竟然在這些公娼朋友身上看見和媽媽相仿的神韻——那是一種潑辣強悍的氣質，見過世面的模樣和不認輸、不服氣的倔強。沒想到，媽媽在天母榮總離開了我，卻在華西街的巷弄裡、歸綏街的晚會上和市議會的穿堂邊，與我重逢。

選自《多桑與紅玫瑰》，臺北：大塊文化，二〇〇〇年

3〈許士林的獨白——獻給那些睽違母顏比十八年更長久的天涯之人〉／張曉風

◎閱讀引導

張曉風自言《白蛇傳》故事大部分都只到「合鉢」情節，「祭塔」較少被演出，而她極愛「那種利劍斬不斷，法鉢罩不住的人間牽絆」，所以本文她以白蛇之子許士林的視角，細細表出兒子思念母親的種種情態，從他中了狀元，急切奔向雷峯塔，急切想要塔倒，而在駐馬之時，前塵往事一一來到眼前，兒子對母親的渴望、想念無比深情，讀之令人動容。

◎文本閱讀

駐馬自聽

我的馬將十里杏花跑成一掠眼的紅煙，娘！我回來了！

那尖塔戳得我的眼疼，娘，從小，每天，它嵌在我的窗裡，我的夢裡，我寂寞童年唯一的風景，娘。

而今，新科的狀元，我，許士林，一騎白馬一身紅袍來拜我的娘親。

馬踢起大路上的清塵，我的來處是一片霧，勒馬蔓草間，一垂鞭，前塵往事，都到眼前。我不需有人講給我聽，只要溯著自己一身的血脈往前走，我總能遇見你，娘。

而今，我一身狀元的紅袍，有如十八年前，我是一個全身通紅的赤子，娘，有誰能撕去這襲紅袍，重還我為赤子？有誰能摶我為無知的泥，重回你的無垠無限？

都說你是蛇，我不知道，而我總堅持我記得十月的相依，我是小渚，在你初暖的春水裡被環護，我抵死也要告訴他們，我記得你乳汁的微溫。他們總說我只是夢見，他們總說我只是猜想，可是，娘，我知道我是知道的，我知道你的血是溫的，淚是燙的，我知道你的名字是「母親」。

而萬古乾坤，百年身世，我們母子就那樣緣薄嗎？才甫一月，他們就把你帶走了。有母親的孩子可聆母親的音容，沒母親的孩子可依向母親的墳頭，而我呢，娘，我往何處去破解惡狠的符咒呢？

有人將中國分成江南江北，有人把領域劃成關內關外，但對我而言，娘，這世界被截成塔底和塔上。塔底是千年萬世的黝黑渾沌，塔外是荒涼的日光，無奈的春花和忍情的秋月……

塔在前，往事在後，我將前去祭拜，但，娘，此刻我徘徊竚立，十八年，我重溯斷了的臍帶，一路向你泅去，春陽暖暖，有一種令人沒頂的怯懼，一種令人沒頂的幸福。塔牢牢地楔死在地裡，像以往一樣牢，我不敢相信你馱著它有十八年之久，我不能相信，它會永永遠遠鎮住你。

十八年不見，娘，你的臉會因長期的等待而萎縮乾枯嗎？有人說，你是美麗的，他們不說我也知道。

認取

你的身世似乎大家約好了不讓我知道，而我是知道的，當我在井旁看一個女子汲水，當我在河畔看一個女子浣衣，當我在偶然的一瞥間看見當窗繡花的女孩，或在燈下衲鞋的老婦，我的眼眶便乍然濕了。娘，我知道你正化身千億，向我絮絮地說起你的形象。娘，我每日不見你，卻又每日見你，在凡間女子的顰眉瞬目間，將你一一認取。

而你，娘，你在何處認取我呢？在塔的沉重上嗎？在雷峯夕照的一線酡紅間嗎？在寒來暑往的大地腹腔的脈動裡嗎？

是不是，娘，你一直就認識我，你在我無形體時早已知道我，你從茫茫大化中拼我成形，你從冥漠空無處摶我成體。

而在峨嵋山，在競綠賽青的千巖萬壑間，娘，是否我已在你的胸臆中？當你吐納朝霞夕露之際，是否我已被你所預見？我在你曾仰視的霓虹中舒昂，我在你曾倚以沉思的樹幹內緩緩引升，我在花，我在葉，當春天第一聲小草冒地而生並歡呼時，你聽見我。在秋後零落斷雁的哀鳴裡，你分辨我。娘，我們必然從一開頭就是彼此認識的。娘，眞的，在你第一次對人世有所感有所激的剎那，我潛在你無限的喜悅裡。而在你有所怨有所嘆的時分，我藏在你的無限淒涼裡。娘，我們必然是從一開頭就彼此認識的。你能記憶嗎？娘，我在你的眼，你的胸臆，你的血，你的柔和如春欒的四肢。

湖

娘，你來到西湖，從疊煙架翠的峨嵋到軟紅十丈的人間，人間對你而言是非走一趟不可的嗎？但裡湖、外湖、蘇堤、白堤，娘，竟沒有一處可堪容你。千年修持，抵不了人間一字相傳的血脈姓氏，爲什麼人類只許自己修仙修道，卻不許萬物得人身跟自己平起平坐呢？娘，我一頁一頁地翻聖賢書，一個一個地去閱世人的臉，所謂聖賢書無非要我們做人，但爲什麼眞的人都不想做人呢？娘啊！閱遍了人和書，我只想長哭，娘啊，世間原來並沒有人跟你一樣癡心地想做個人啊！歲歲年年，大雁在頭頂的青天上反覆指示「人」字是怎麼寫的，但是，娘，沒有一個人在看，更沒有一個人看懂了啊！

南屏晚鐘，三潭印月，曲院風荷，文人筆下西湖是可以有無限題詠的。冷泉一逕冷著，飛來峯似乎想飛到哪裡去，西湖的遊人萬千，來了又去了，誰是坐對大好風物想到人間種種就感激欲泣的人呢，娘，除了你，又有誰呢？

雨

西湖上的雨就這樣來了，在春天。

是不是從一開頭你就知道和父親註定不能天長日久做夫妻呢？茫茫天地，你只死心踏地眷著傘下的那一剎那溫情。湖色千頃，水波是冷的，光陰百代，時間是冷的，然而一把傘，一把紫竹爲柄的八十四骨的油紙傘下，有人跟人的聚首，傘下有人世的芳馨，千年修持是一張沒有記憶的空白，而傘下的片刻卻足以傳誦千年。娘，從峨嵋到西湖，萬里的風雨雷雹何嘗在你意中，你所以眷眷於那把傘，只是愛與那把傘下的人同行，而你心悅那人，只是因爲你愛人世，愛這個溫柔綿纏的人世。

而人間聚散無常，娘，傘是聚，傘也是散，八十四枝骨架，每一枝都可能骨肉撕離。娘啊！也許一開頭你就是都知道的，知道又怎樣，上天下地，你都敢去較量，你不知道什麼叫生死，你強扯一根天上的仙草而硬把人間的死亡扭成生命，金山寺一鬥，勝利的究竟是誰呢？法海做了一場靈驗的法事，而你，娘，你傳下了一則喧騰人口的故事。人世的荒原裡誰需要法事？我們要的是可以流傳百世的故事，可以乳養生民的故事，可以輝耀童年的夢寐和老年的記憶的故事。

而終於，娘，繞著那一湖無情的寒碧，你來到斷橋，斬斷情緣的斷橋。故事從一湖水開始，也向一湖水結束，娘，峨嵋是再也回不去了。在斷橋，一場驚天動地的嬰啼，我們在彼此的眼淚中相逢，然後，分離。

合鉢

一隻鉢，將你罩住，小小的一片黑暗竟是你而今而後頭上的蒼穹。娘，我在惡夢中驚醒千回，在那分窒息中掙扎。都說雷峯塔會在夕照裡，千年萬世，只專爲鎭一個女子的情癡，娘，鎭得住嗎？我是不信的。

世間男子總以爲女子一片癡情，是在他們身上，其實女子所愛的哪裡是他們，女子所愛的豈不也是春天的湖山，山間的晴嵐，嵐中的萬紫千紅，女子所愛的是一切好氣象，好情懷，是她自己一寸心頭萬頃清澈的愛意，是她自己也說不清道不盡的滿腔柔情。像一朶菊花的「枝頭抱香死」，一個女子緊緊懷抱的是她自己亮烈美麗的情操，而一隻法海的鉢能罩得住什麼？娘，被收去的是那椿婚姻，收不去的是屬於那婚姻中的恩怨牽掛，被鎭住的是你的身體，不是你的著意飄散如暮春飛絮的深情。

——而即使身體，娘，他們也只能鎭住少部分的你，事實上大部分的你卻在我身上活著，是你的傲氣塑成我的骨，是你的柔情流成我的血。當我呼吸，娘，我能感到屬於你的肺納，當我走路，我想到你在這世上的行迹。娘，法海始終沒有料到，你仍在西湖，在千山萬水間自在地觀風望月並且讀聖賢書，想天下事，與萬千世人摩肩接踵——藉一個你的骨血揉成的男孩，藉你的兒子。

不管我曾怎樣悽傷，但一想起這件事，我就要好好活著，不僅爲爭一口氣，而是爲賭一口氣！娘，你會贏的，世世代代，你會在我和我的孩子身上活下去。

祭塔

而娘，塔在前，往事在後，十八年乖隔，我來此只求一拜——人間的新科狀元，頭簪宮花，身著紅袍，要把千種委屈，萬種淒涼，都並作納頭一拜。

娘！

那豁然撕裂的是土地嗎？

那倏然崩響的是暮雲嗎？

那頹然而傾斜的是雷峯塔嗎？

那哽咽垂泣的是——娘，你嗎？

是你嗎？娘，受孩兒這一拜吧！

你認識這一身通紅嗎？十八年前是紅通通的赤子，而今是宮花紅袍的新科狀元許士林。我多想扯碎這一身紅袍，如果我能重還爲你當年懷中的赤子，可是，娘，能嗎？

當我讀人間的聖賢書，娘，當我援筆爲文論人間事，我只想到，我是你的兒，滿腔是溫柔激盪的愛世的癡情。而此刻，當我納頭而拜，我是我父之子，來將十八年的虧疚無奈併作驚天動地的一叩首。

且將我的額血留在塔前，作一朵長紅的桃花：笑傲朝霞夕照，且將那崩然有聲的頭顱擊打大地的聲音化作永恆的暮鼓，留給法海聽，留給一駭而傾的雷峯塔聽。

人間永遠有秦火焚不盡的詩書，法鉢罩不住的柔情，娘，唯將今夕的一凝目，抵十八年數不盡的骨中的酸楚，血中的辣辛，娘！

終有一天雷峯會倒，終有一天尖聳的塔會化成飛散的泥塵，長存的是你對人間那一點執拗的癡！

當我馳馬而去，當我在天涯海角，當我歌，當我哭，娘，我忽然明白，你無所不在地臨視我，熟知我，我的每一舉措於你仍是當年的胎動，扯你，牽你，令你驚喜錯愕，令你隔著大地的腹部摸我，並且說：「他正在動，他正在動，他要幹什麼呀？」

讓塔驟然而動，娘，且受孩兒這一拜！

選自《步下紅毯之後》，臺北：九歌，二〇〇七年

後記：

許士林是故事中白素貞和許仙的兒子，大部分的敘述者都只把情節說到「合鉢」為止，平劇中「祭塔」一段也並不經常演出，但我自己極喜歡這一段，我喜歡那種利劍斬不斷，法鉢罩不住的人間牽絆，本文試著細細表出許士林叩拜囚在塔中的母親的心情。

4〈父親三撕聖經〉／孫康宜

◎閱讀引導

一個從撕毀《聖經》到熟透《聖經》的父親，當作者與周遭人都把他當作《聖經》的活字典，作者才開始思索，爲什麼父親可以數十年只念一本《聖經》而從不乏味？作者對父親的疑惑與解答，來自自己生命的追尋和體悟，她懂父親專注於內心生命意義的追求過程，如同經歷「死而復生」的十字架歷程。人與人的關係，人與神的關係，都是一種愛的聯繫。

◎文本閱讀

每回我告訴朋友們，我的父親孫保羅曾撕過三本《聖經》，他們都不相信。他們都說，很難相信像他那樣努力宣揚基督教又整天沉浸於聖經的人會有過那樣的經驗。然而，父親在三十多歲以前確實有過三撕聖經的前科。但過了四十歲以後，他突然有了生命的改變。在此之後，他開始全心全力攻讀聖經，而且只要是有關信仰的書籍，他都涉獵無遺。如果說，他的前半生是以打擊聖經爲傲，他的後半生卻以宣揚聖經爲志。可以說，宗教信仰的改變使他前後判若兩人，有些像目前報紙廣告欄裡人們推銷醫藥產品時所謂的「前」與「後」的天壤之別。

總之，父親已成了朋友圈裡的聖經「百科全書」了。只要遇到有關聖經的話題，朋友們都自然會想到他。他今年已高齡八十二，還堅持要自己一人住在公寓裡（他的公寓離舊金山不遠）①，每日清晨四時就起床禱告並開始讀經，每星期都按時參加查經班，還隨時在電話裡回答有關聖經的各種問題。星期天他經常在教會裡講道，他曾飛來東岸佈道，還特地到耶魯大學附近的中國教會主持主日崇拜。據我所知，他的朋友和學生們經常從美國各地打長途電話向他求教。聽說，有一次一位朋友想買一部中文和希臘文的對照聖經，問過了所有周圍的人都得不到滿意的答案，最後只得請教父親。我自己是教文學的，每次若遇到和聖經的本事和年代有關的問題，也會隨時打電話問父親。在這一方面，我眞的把父親當成活字典了。或許因爲我過分依賴父親了，我總記不得聖經內容的細節。例如，我曾經向他問過諸如此類的問題：「聖經裡有那些章節提到有關長子繼承權的問題？」、「聖經裡有沒有記載死刑的條例？」、「以撒出生時，他的父親亞伯拉罕已是一百歲，這個說法有歷史根據嗎？」、「亞伯拉罕的年代相當於中國的什麼時代？所羅門王的時代是否就是中國的西周時代？」、「以色列人渡過約旦河，那個事件發生在舊約的哪一本書中？」、「爲什麼從公元前四〇〇年到耶穌誕生的四百年間，沒有再出過一個先知？」

每一次父親總算都爲我解答了問題，他不但能在電話中立刻告訴我聖經的具體章節，而且總會把不同章節的資料合在一起討論。可以說，到現在爲止，我還很少遇到比父親更加熟悉聖經的人了。但久而

① 家父已於二〇〇七年五月九日逝世，享年八十八歲。（孫康宜補註，二〇一五年六月。）

久之，我開始懷疑，爲什麼父親整天只唸一本書（《聖經》）而不會感到乏味？是什麼原因使得父親能長久地、數十年如一日地細讀《聖經》而百讀不厭？

關於這個問題，我終於得到了結論。我的靈感得自於暢銷書作者Bruce Feiler的一本新書：《走在聖經的道上》（Walking The Bible）。據Feiler所述，有關聖經的閱讀，他自己從前一直是個囫圇吞棗的讀者，也從來記不得聖經的細節。但不久前他遇到了心靈的召喚，突然有一種莫名的衝動，想爲自己重新開拓一條新的生命途徑。所以有一天他決定獨自帶著一本聖經，找了一個聖經考古學家充當導遊，開始了他那段爲期兩年的聖地之旅。他把《聖經》當作旅行手冊，首先從亞拉臘山（即古代挪亞方舟停留的山上）開始，步行在西伯來人祖先所走過的曠野地上，隨著摩西爬上了西奈山，又走出了埃及，渡過了約旦河。沿途中Feiler一邊細讀舊約的前五書（即〈創世紀〉、〈出埃及記〉、〈利未記〉、〈民數記〉、〈申命記〉），一邊探索各地的人文景觀，直到所有《聖經》的細節都成了自己心靈經驗的一部分爲止。在經過這樣一段漫長的旅程之後，Feiler才終於把握住聖經的基本精神和脈絡，也終於能感受到那無所不在的上帝之存在。他發現，人是無法用理性來認識上帝的，只有通過靈性的追求才可能進入神的世界。以Feiler自己的經驗爲例，在他花了九牛二虎之力，爬上了寒冷無比的西奈山之後，他才突然從飄浮的雲彩中感受到了摩西所謂的上帝之榮光，這時他才終於瞭解到人類的渺小和上帝的永恆性。

Feiler這本新書深深地感動了我，同時我也聯想到了父親的故事。與Feiler相同，父親也曾經「爬上」了西奈山，只是父親之行純粹是心靈的，而非地理的。同樣是個人的心路歷程，Feiler的旅行更像是具有歷史性的尋根之旅（他是猶太人），而父親則專注於內在生命意義的追求。多年來在歷盡人生的諸種甜酸苦辣之後，父親終於找到了自己的信仰，那是一種不需要理性證明的信仰。在他的《一粒麥子》一書中，父親曾引用了底下一首無名氏的詩：

……I cannot understand,
But I can trust,
For the perfect trusting
Perfect comfort brings.
I cannot see the end,
The hidden meaning of each trial sent ...
I cannot see the end,
But I can trust ...

（……我不能全懂，
卻能相信，
因爲完全的信心
可以帶來美妙的安慰。

我看不見人生的盡頭，
看不見每個試煉的眞義……
我看不見那盡頭，
但我總能相信。）

如果說Feiler的信仰偏向於《舊約》的重新肯定，那麼父親的信心則多半建立在《新約》的啓示中。對父親來說，基督教是「愛」的福音，而《新約》裡所載耶穌基督的十字架經驗也正表現了基督教的根本精神。父親以爲，「愛的定義就是耶穌，愛就是十字架」（《一粒麥子》，頁四八）。只有通過十字架的生死過程，《舊約》的預言才能完全落實到《新約》的啓示功能，而上帝的愛也才能得到完滿的闡釋。自古以來，神總是希望在歷史中證明自己，而耶穌也就是上帝的最大啓示。通過耶穌，人們終於可以瞭解，所謂「愛」（agape）不但意味著無條件的給予，也指向了「甘走十字架」的犧牲精神。這種愛，不是普通的愛，因爲它還包涵了一種「愛敵人」的決心。

我知道，從「三撕聖經」到無條件的信仰，父親其實已經歷了「死而復生」的十字架過程了。「一粒麥子不落在地裡死了，仍舊是一粒，若是死了，就結出許多粒子來。」這樣的徹底改變，使我相信《新約》確實是一條讓人死而復生的道路。父親曾說過：「新約的福音，不是把罪人加以改良，修修補補，而是把舊人拆掉重造。福音不是發揚人性的優點，而是給罪人換一個生命，釘死人性，換上神性……。」（《一粒麥子》，頁一〇二）。

有趣的是，在他努力尋找「舊約」古跡的路途中，Feiler最終得到的竟也是一種「新約」式的啓示——那就是，不論《舊約》的細節有多麼繁瑣，不論那個世界顯得多麼久遠，其最後關鍵仍在於個人與上帝之間的愛的聯繫。當然，隨著歷史的運轉，人們尋找上帝的方式也已經有所改變，而不能一味地死守《舊約》的教條。對於其他的朝聖者，Feiler有以下的忠告：「不要以爲人世間的土地是旅程的終點：與上帝的親密會合才是眞正的旅程終點。」

二〇〇一年九月二日

選自《孫康宜文集》，臺北：秀威資訊，二〇一八年

後記

本文完成之後三星期，我突然在一個偶然的機會裡看到父親所寫的一段日記，寫的正巧是他對Bruce Feiler的新書Walking The Bible的讀後感，這個奇妙的巧合令我驚喜萬分。他在日記中寫道：

清晨萬籟俱寂，與主親密交通，有說不出來的喜樂。

I am in the Lord; the Lord is in me! All is peace…

晨起散步，主示我三原則：

Pray more\ Walk more\ Talk less⋯

康宜寄來剛出版的Walking the Bible（作者Bruce Feiler），感想甚多。在扉頁上康宜題字的下面我加上了以下幾行字：

歷世歷代，

人有一個偉大的夢想

就是要尋求神

直到耶穌基督來到。

我對Walking the Bible一書的感受：初感興奮，繼而失望，終則受益⋯⋯。

——錄自父親日記，二〇〇一年八月九日

單元書寫與引導

1. 親眷身體特徵快寫快畫

請同學憑記憶，以文字描述父母或手足的身體特徵，例如：眼睛是雙眼皮或單眼皮、眉形濃淡、上下唇的厚薄、臉型圓或方、食指與無名指哪一指長、身體是否有舊傷……寫得越詳細越好。完成後，與一位同學分享，並互相畫出對方親眷容貌體態。

藉由回憶書寫，我們可能會發現自己並不清楚至親的容貌，更遑論他未曾說出口的生命歷程。我們也可以在電話裡詢問至親，是否熟悉我們的身體特徵？兩相對照，可能呈現有趣的結果。

2. 至親故事書寫

訪問父母或手足，寫下一則或數則對方生命中最特殊的事件，然後重新剪裁編譯，加入反思，連綴成文，並跟同學分享。

延伸閱讀

1. 許丞傑執導：《孤味》，電影，二〇二〇年金馬獎臺灣劇情片。

林秀英在丈夫離家後，獨自撫養三個女兒，從一個路攤賣蝦捲的婦人，成爲一家餐廳的女強人，但她心中始終放不下對先生的執念。在她七十大壽時，先生的小三帶來他死訊的消息，並希冀能落葉歸根。秀英的三個女兒，三種生命態度，大女兒擁有父親自由靈魂的性格，以及失敗的婚姻與複雜的男女關係；二女兒像極母親，也是母親的驕傲，一名女醫生，但同時也成爲壓迫女兒的專制母親；三女兒體貼父親，繼承母親事業，但無法自主經營餐廳。電影透過幾個女人的生命交錯，母親與父親的愛恨糾葛，重新檢視每個人心裡的結與矛盾，詮釋家庭關係絲絲入扣，十分到味。

2. 吳念眞著：《多桑》，臺北：大辣，二〇一五年。

日治時期出生的多桑故事，一個被遺忘的時代，一群一輩子爲家庭打拚的父親們的故事，這是那個年代臺灣最眞實的人物形象。

3. 陳玉慧著：《海神家族》，臺北：印刻，二〇〇九年。

一個不斷外遇的父親，一個自言受到強暴才嫁給父親卻始終不肯離婚的母親，父女、母女衝突建構出這個家的本質。

4. 周芬伶著：〈美人魚之歌〉，收錄於蕭蕭、王若嫻主編《溫馨的愛：現代親情散文集》，臺北：幼獅文化，二〇〇九年。

講述母女之情的動人散文。

5. 廖玉蕙著：〈繁華散盡〉，收錄於《不信溫柔喚不回》，臺北：九歌，二〇〇六年。

講述父女之情的淡雅文章。

第4單元　題目：

系　學號：

姓名：

5

族群故事

林宏達撰稿

主題

在族群的歷史中，寫下我們的故事。

學習目標

一、自我覺察

世界各國均有族群議題，諸如美國長久上演種族歧視，中東猶太人與阿拉伯人相互對立。回顧臺灣的歷史，自清朝便陸續被多國短暫統治與殖民，伴隨而來的族群與身分認同，更是臺灣島民集體意識中亟欲定位的重要課題。唯有認識自己的過去，才知道將往何處前進，若能了解島上共同生活的人事，更能明白自我的身分與意義。

二、生命情感

先人行踏的歷史軌跡與生命故事，沉澱出屬於這片土地的文化歷史。從敵對到和解，從陌生到熟悉，從誤解到包容，閩粵移民自身的衝突，與臺灣原住民的糾葛，到殖民戰爭的爆發等等，血淚與歡笑澆灌出臺灣的族群圖譜，理解自身的歷史，才能清楚未來的發展脈絡，讓國家族群更爲融洽。

三、創造力

本單元藉由文學與影音作品，進行族群圖譜的多元鑑賞，一方面活絡思維，另一方面則增進建構與重製能力。從而引導同學探索自身的家族傳統，描寫個人家族故事，深化家族情感、創造文化情感的深刻連結；並且將散文的素材，轉譯爲影像腳本，嘗試跨域學習。

文本閱讀與引導

1〈羅漢門之歌〉／洪瓊芳

◎閱讀引導

此劇本是我校洪瓊芳老師爲內門文化量身打造的作品，以音樂歌舞劇形式，演出宋江陣歷史。〈羅漢門之歌〉主要講述一段跨越時空、突破族群限制的愛情故事。四百多年前，有對青年男女在內門初遇，男方是漢人參軍，教授宋江陣式，女方則爲原住民少女。劇中反映清領時期漢人與原民因族群相異產生的諸多衝突，兩人在緊張對立的窘境下譜出戀曲，卻各自有必須守護的信念與家園，在愛情與家國之間取捨。

◎文本閱讀

編劇：洪瓊芳

故事發想

這是一則等待與遺忘的故事
一名受困英雄的故事
他的名字是蘇元生
他曾是鄭成功屬下的愛將
奉命到羅漢門墾荒守城
以極少的人力達到上司的目標
他將軍隊和當地居民重新整編
教授宋江陣以抵禦外侮
但明清政權移轉
鄭氏王朝內鬥滅亡
多數鄭家軍被遣返唐山
蘇元生被主帥遺忘了
他在羅漢門苦等

等到鬢髮白了
生命終了了
依舊沒等到主帥的調返令
他的魂魄被困在此處
四百年之後一樁鬧鬼疑雲
帶出歷史的縫隙
被擠壓變形的英雄魂魄……

主要角色

蘇元生：明鄭陸師提督之參軍，奉命率部分龍驤右鎮兵力，前往羅漢門進行墾荒，在此相遇平埔族人姬不花，並與之相戀。

姬不花：西拉雅族新港社少女，熱情大方，深愛蘇元生。

兵之風：西拉雅族新港社勇士，與姬不花是青梅竹馬的關係，深愛姬不花。

老里長：西拉雅族新港社女耆老。

兵一春：姬不花的後代，是個勇敢堅毅的少女。

兵二春：一春之弟，膽小逗趣。

序場　鬧鬼疑雲

時間：距今約五十年前
地點：內門
道具布景：高臺、梧桐樹（可以影像取代）
出場人物：兵一春（姊）、兵二春（弟）、蘇元生魂、一名黑衣舞者

△南管曲【梧桐葉落】音樂響起。
　幕後：（唱）梧桐葉落滿地是……
△大幕啓。
△蘇元生背立於高臺上，淒涼燈光打在他身上。
△影像投影：梧桐葉落凋零貌（帶有歷史的滄桑感）。
△歌聲漸停，高臺燈暗。
△兵一春、兵二春登場。
△風聲音效。
兵二春：（怕）一春，妳聽到了嗎？

兵一春：只是風聲……

△舞者穿越上舞台。

△兵器打擊聲。

兵二春：如鐵的風聲？

△兵一春、兵二春姊弟聽聞不知哪來的兵器打鬥聲有些膽顫。

△如鬼風聲不斷。

△黑衣舞者從背後的兩人中間穿過。

兵一春：是誰？裝神弄鬼嚇人算什麼好漢！

兵二春：一春！妳別引蛇出洞啊……不對，是引鬼出門，妳沒聽里長說這一帶鬧鬼嗎？我們快回去吧，我怕……

兵一春：二春，你怎麼知道是鬼？如果眞是鬼，我倒要會會，看看鬼長什麼樣子。

△舞者與兵二春對上眼。

兵二春：（嚇的跪在地上）鬼，鬼，鬼啊！太祖啊！觀世音菩薩！耶穌啊！您們快降臨驅除韃虜，斬妖伏魔吧！

兵一春：二春，你別病急亂投醫，什麼各路神仙都請過來。

兵二春：姊啊，這妳就不懂了，我怕我們太祖威力不夠，耶穌，跟觀音可以幫忙加持一下……

△一陣詭異笑聲響起。

兵二春：啊啊啊，一春我腿軟了，記得揹我回家……

兵一春：二春，二春，你別暈啊，我揹不動你。

△兵二春暈厥

△蘇元生出現在左上舞台，他發出似鬼魅般笑聲，又似哭聲。

兵一春：誰？誰在那裡！君子不欺暗室，行事磊落方稱英雄！畏首畏尾，東躲西藏是何鼠輩？我兵一春不怕一個只敢在暗處偷窺的無名小卒！管你是人是鬼，還不快快現身！

△詭異狂笑聲大響，暗場。

兵一春：二春，二春，你醒醒啊！怎麼這麼重……

△一春扶二春下場。

△哭笑聲逐漸被宋江陣吶喊聲取代。

第一場：宋江鎮煞

時間：延續上一場的後幾天

地點：內門（羅漢門）廣場

道具布景：（演出空間延續至舞臺下）（舞臺前方須有階梯）

出場人物：宋江陣社員、蘇元生魂、兵一春、老里長、里民四位、四名舞者

幕　後：（唱）羅漢門鬼怪猖狂，風聲鶴唳黑影幢幢。
　　宋江出陣探實況，七星八卦除血光。

△四名舞者飾鬼魅，從舞臺四個角落竄出，象徵四方作亂。

△宋江陣社員在臺下表演。

眾　人：萬軍統帥掌頭旗，二斧輪出立兩方，叉耙環繞內中圈，刀盾鉤棍成傘狀，齊聲吶喊，鑼鼓喧
　　天，八卦排陣，八卦排陣，誓將鬼魅剷。

△排出八卦陣（宋江陣表演）。

△蘇元生在舞台下出場，兵一春、老里長、里民們在臺上觀陣。

眾　人：頭旗雙斧陣中走，乾兌離震，巽坎艮坤，陰陽八卦將邪困。

蘇元生：哈哈哈，三聲笑，天澤火雷，風水山地，一陣一破，奪旗劈斧，終奈我何！

兵一春：里長您看！

老里長：八卦陣中自由行走，破陰陽，斬帥奪旗，分明懂宋江。

蘇元生：八卦陣中自由行走，破陰陽，斬帥奪旗，大顯威風。

兵一春：他是個懂陣式的人。

老里長：他是個懂陣式的鬼。

三　人：跳四門、連環套。

春、長：難將他困！

蘇元生：怎將我困！

三　人：再多陣仗都枉費勞。

老里長：怎麼可能？

兵一春：該怎麼辦？

蘇元生：龍穿心、蜈蚣陣、撞七星也難收場。

老里長：羅漢門宋江陣是老祖先所傳，還經變革一向鎮煞保平安。

兵一春：莫非他是我們的老祖先？

老里長：這……

△蘇元生魂直奔兵一春而來（可設計蘇元生從階梯奔上臺，或者兩舞者從翼幕現身，兩舞者動作與蘇元生同步）。

△宋江陣退場。

兵一春：里長我頭好暈……

△兵一春昏厥。

老里長：別暈啊，老人家揹不動妳，別看我這身型壯，我從來都是手無縛雞之力，唉呀，怎麼姊弟一個樣……（對里民）你們還不快過來幫忙，別只是在後面搶戲……什麼，那邊也暈了一個！

△一位里民（舞者飾）中邪狀，三位里民驚慌失措。

△兩位里民過來幫兵一春扶下場。

△暗燈，換場。

第二場：往事雲煙

時間：約三百年前（明末清初）

地點：臺南府城、羅漢門

景1：軍營內景　景2：羅漢門外景

出場人物：陸軍提督、蘇元生、姬不花、兵之風、眾將士（宋江社員）

△左下舞台燈亮。

△提督拿一地圖觀看。

△蘇元生進。

蘇元生：提督好，蘇元生報到。

鄭提督：（依舊看地圖）元生，你今年幾歲了？
蘇元生：報告提督，元生一十六歲。
鄭提督：（正眼看蘇元生）參加成年禮了？
蘇元生：是的，奉提督之命，已參與民間廟宇七夕成年禮儀式……
鄭提督：（放下地圖）元生，你知道成年禮的意涵？
蘇元生：報告提督，元生知曉。
鄭提督：好好好，（拍其肩膀）你隨我軍輾轉來臺已經數載了，你懂得明鄭王朝創業維艱，也知道臺灣民風強悍。既然已成年，就該獨立執行任務。蘇元生聽令！
蘇元生：是！
鄭提督：本提督命你率一百龍驤右鎮士兵，前往羅漢門墾荒守城……
蘇元生：元生領命，定不負提督所託。
△左下舞台燈暗，鄭提督從左翼幕退場。
△蘇元生走至中舞臺。
△影　像：瘴氣蠻荒景致。
蘇元生：（唱）我本是唐山兒郎，追隨延平郡王。
　　　　不怕離鄉背井，不畏瘴氣蠻荒。

△眾將士提武器上場，蘇元生教將士演練武器。

幕　後：（唱）以為日久他鄉是故鄉，誰知國姓爺一朝魂斷，
　　　　鄭氏王朝內鬥外傷……

△音樂襯底，轉浪漫樂。

△影　像：逐漸轉浪漫寫意景致（落英繽紛或彩虹景）。

△姬不花從右上舞台上場。

姬不花：元生，元生……

△蘇元生揮手示意將士離場。

蘇元生：姬不花妳怎麼來了，妳的母親放行了？

姬不花：我瞞著依娜來的，她忙著處理「傀儡仔」就不可開岔了……

蘇元生：是不可開交。

姬不花：好嘛！你們漢語眞難學，你猜猜我這次送什麼禮物來給你啊。

蘇元生：只要不要是檳榔，什麼都好說……

姬不花：哼，（唱）笨元生不識貨，一口檳榔好快活。

蘇元生：不如瓜來不如果，甜甜澀澀似火灼。

姬不花：像我們的愛情？

蘇元生：閃閃爍爍月旁星。

姬不花：那是什麼意思？

幕　後：愛情總唏噓，星稀月明。

蘇元生：不花妳知道的，我是奉命來墾荒守城，有朝一日是要回去覆命的。

姬不花：我知道啊，是太祖把你引來，讓我們相遇……

蘇元生：妳信太祖？

姬不花：當然啊，那你信的是什麼？觀祖還是媽音？

蘇元生：（笑）是觀音跟媽祖。

姬不花：喔，她們有什麼不同？一個赤足，一個穿鞋？

蘇元生：不花，妳好可愛，我就愛妳這純真。

姬不花：眞的？這是你第一次說愛我耶！Mavavongo（愛）！原來觀音跟媽祖是有靈的，我一定要跟我依娜說……

蘇元生：（笑）不花，妳要送我的東西呢？

姬不花：啊啊啊，一開心都忘了，我繡了一條腰帶，把我們的名字都繡進去了喔，你知道我照著你畫給我的字圖研究了多久嗎？繡了又拆，拆了又繡，足足七個晚上沒睡才完成耶……

△姬不花從懷中取出腰帶。

蘇元生：（感動）不花……

△蘇元生抱住姬不花。

姬不花：你這是喜歡的意思嗎？

蘇元生：嗯。

姬不花：可是你都還沒看一眼呢？

蘇元生：傻不花……

姬不花：你是笨元生，我是傻不花，我們注定是要在一起的。

蘇元生：可是若有一天我不在了呢？

姬不花：你怎麼會不在？你入了我的房，就是我姬不花的人了。

蘇元生：哈哈哈……我們漢人是妻以夫爲天。

姬不花：我們族人是夫以妻爲首。

蘇元生：喔！那妳說說我們的結合會如何呢？是舉案齊眉？還是……

姬不花：舉案齊眉是什麼意思？

蘇元生：哈哈哈……妳還是不要知道的好，免得面紅耳赤……

姬不花：可是我現在就是臉撲粉耳插花，臉紅耳也紅啊……

蘇元生：我看看，果眞臉紅耳紅，不花，妳是羅漢門裡最美的一朵花。

姬不花：你也是羅漢門裡最偉大的英雄！以前漢人總是搶我們的土地，自從你來了之後，你把部屬跟

我們的族人重新整編，教授他們宋江陣以抵禦「傀儡仔」，其實我依娜是很服你的，我猜她

今天也是睜一眼閉一眼讓我偷溜出來……

△兵之風出場。

兵之風：姬不花妳又偷溜出來跟漢人鬼混！

姬不花：哼！半路殺出個咬程金！

蘇元生：（在姬不花耳畔低語）是程咬金。

△兵之風見他們的親暱狀，氣。

兵之風：蘇參軍，我敬你是個人物，但是公歸公，私歸私，我愛慕姬不花已久，你們漢人不是說不能

橫刀奪愛嗎……

姬不花：兵之風，愛情不講究先來後到，我不許你再喜歡我了！

（唱）愛情它無理可言，

三　人：如大雨落澀澀鹹鹹。

蘇元生：攪動春水波瀾漸漸，是否阻擋我腳步向前？

兵之風：漢人總來來去去，對女子來者不拒。

三妻四妾妳怎堪委屈，他絕非乘龍快婿。

姬不花：胡言亂語下地獄！兵之風就是一頭驢。

兵之風：他絕不可能將妳娶，納采問名步紅氊。

蘇元生：一陣酸一時痛，眼不盲耳不聾。

姬不花：（對蘇元生質問）怎能任他亂指控？

蘇元生：妳與他……

姬不花：我與他？

蘇元生：可有瓜葛恩愛一時濃？

姬不花：怒怒怒，太祖在上可為證！

蘇元生：疑疑疑，如鯁在喉亂心緒。

兵之風：亂亂亂，怎成外人來攪局。

三　人：愛情它輕將諾許，亂人心弦不分賢愚。

兵之風：Marymany（笨蛋），姬不花，妳爲他學漢語，他可曾爲妳學我們的語言……

姬不花：這……不用你管，你自己還不是努力學漢語。

兵之風：妳明知道我是爲妳……

姬不花：兵之風，別再說了，算我求你，你先回去……

兵之風：妳從不求人的，爲了他妳……

姬不花：Malidau-a!（滾），回去。

兵之風：好，我走，但只在這一時，我會證明我才是最適合妳的人。

△兵之風離場。

△姬不花看著蘇元生，替他將腰帶繫上。

姬不花：他就是族裡最強的勇士，如果你不曾出現，或許我會跟他在一起，但是你出現了……

蘇元生：如果有天我回去覆命了呢？

姬不花：我會等你回來。

蘇元生：妳不跟我走？

姬不花：為什麼你不回來？

蘇元生：這不是我的家。

姬不花：我在的地方就是你的家。

蘇元生：這不是我的故鄉。

姬不花：你的故鄉在哪？

蘇元生：在海的另一端。

姬不花：我們的族人死後靈魂要到祖靈之邦，怕他的靈魂不乾淨，走過竹橋時會掉落到髒河裡，所以會在門口用椰子殼放一盆水，讓他洗淨自己的髒污……

蘇元生：不是的，不是死後所歸之所，而是來時路，我來自唐山，是鄭家軍的一員……

姬不花：可是你姓蘇，不姓鄭……

蘇元生：妳不懂我的使命……

姬不花：那你說給我懂，就像你教我漢語那樣。

蘇元生：不花，妳總讓我不捨又心痛，我該拿妳怎麼辦？

△蘇元生抱住姬不花。

△暗燈，換場

第三場：夢醒知是客

時間：回到現代，接續第一場

地點：兵一春家

道具布景：室內景致（椅子）

出場人物：兵一春、兵二春、老里長

△里長坐在椅上，兵二春他在身旁繞圈。

兵二春：里長奶奶，您說那個鬼是不是很可怕？先是我被他嚇暈了，接著換一春中邪了，她從那天鎮煞回來，已經昏睡兩天了，怎麼叫都叫不醒……

老里長：確實難纏啊！但這事總有點邪門，好像……

兵二春：要不要去跟耶穌告解？

老里長：胡扯什麼？

兵二春：不然去紫竹寺拜觀音？

老里長：二春，你忘祖得很徹底……

兵二春：是里長您跟不上時代了，現在都是講究跨界整合，各路神仙也應如此啊！

老里長：去去去，再去喚喚你姊姊，說不一定她早醒了……

兵二春：她補妝速度沒那麼快啦！

△老里長敲二春的頭。

兵二春：（委屈）我是說她如果那麼容易醒來，就不是中邪了。

△兵一春出場。

兵一春：誰中邪？

兩　人：妳醒了？

兵一春：我好像睡了很久……

兵二春：足足兩天。

兵一春：做了一個好長又好奇怪的夢。

兩　人：什麼夢？

兵一春：我夢到我叫姬不花，跟一個古代參軍談戀愛……

兵二春：嘿嘿，兵一春妳是想嫁人了，所謂日有所思，夜有所夢，不對，妳做的還是白日夢……

老里長：二春別打岔，妳說妳夢到了姬不花跟一個參軍？

兵一春：是啊，還有一個叫兵之風的人……

兵二春：跟我們同姓耶！

老里長：二春別吵！一春妳還夢到什麼？

△兵一春靜默。

兵二春：嘿嘿嘿，沉默不語只有一個可能，絕對十八禁……

△兵一春拿椅子做性愛動作。

△老里長又好笑又好氣。

老里長：他說的是眞的？

兵一春：（羞怯點頭）我還做了一條腰帶給他……

兵二春：歐歐歐，這分明是想圈住人家，（亂唱）天要下雨娘要嫁人。

老里長：那個參軍是不是姓蘇……

兵一春：里長您怎麼知道！

老里長：我想我知道那個鬼是誰了……

姊弟倆：是誰？

老里長：你們的先祖……

姊弟倆：什麼？！

△轉場，兵一春家轉為祭臺。

△四位里民幫忙搬動桌椅。

第四場：梧桐葉落

時間：接續上一場

地點：內門廣場

道具布景：祭台上有一個大水缸，插五節芒，小甕、檳榔花、白布、祖先瓶、檳榔、酒等祭品

出場人物：兵一春、兵二春、老里長、一位黑衣舞者、三位里民、少年蘇元生（里民代）、薪傳社

△西拉雅族儀式性歌舞（薪傳社表演），舞台下方空地演出。

△歌聲漸弱，舞蹈持續。

△四位里民簇擁老里長出台，兵一春、兵二春隨後。

兵二春：果眞薑還是老的辣，沒想到里長您還有辦法恢復我們族人的儀式性歌舞……

老里長：我也沒想到還會動用到這最初的信仰……

兵一春：這樣那「向魂」就會來嗎？

兵二春：（臺語）什密向魂？（國語）你們用的是哪一國語言？

老里長：「向魂」就是我們族語的鬼魂之意。

兵二春：ちょっと待ってください，等一下，現在是要招魂嗎？我的天啊，里長您這太不夠意思了，竟然不早點通知！我的十字架在哪……

△兵二春身上亂找一通，甲里民將身上的十字架拿給兵二春。

老里長：你們姊弟的性別好像生錯了……

兵一春：里長您別理他，他就是膽小又愛大驚小怪……

兵二春：（翻白眼）你們別當我不存在這樣討論我好嗎？

老里長：好了好了，別廢話了，我要持咒了，求太祖將這四百年前的「向魂」收入壺甕中，你們閃開些……

△老里長將甕上的白布鋪撒出去，拿起檳榔花，插入甕中。

老里長：Namu nayna, namuina, abiki, ta kuwa alidlid

（那姆奈那，那姆伊娜，阿咪基（ㄍㄧ），搭 咕瓦 阿立立）

Namu nayna, ki bu mayta, awlibu ta ki, takkakku-a ali li.

（那姆奈那，基（ㄍㄧ）晡（ㄅㄨ）嘪（ㄇㄞ）搭，凹哩晡（ㄅㄨ）搭基（ㄍㄧ），搭嘎（ㄍㄚ）咕瓦阿立立）

△薪傳社漸退場，黑衣舞者上場。

△淒涼音效。

兵二春：一春，我全身起雞皮疙瘩……

兵一春：你若害怕就先回去……

兵二春：誰說我怕，我在才能幫妳壯膽，萬一妳又被姬不花上身……

△強效樂。

△黑衣舞者轉身接蘇元生上場。

蘇元生：（唱）姬不花姬不花，那是什麼花，悠悠心頭遶，點點將骨刮。

兵二春：（抖）我的媽呀，還眞的出現了……

△兵二春昏厥，老里長示意族人將二春扶下。

兵一春：為什麼心似火燒，為什麼浪掀大潮，歲月催他容顏老，百年恩愛記不牢。

老里長：人走茶涼，

兵一春：徒留髮香。

蘇元生：猶聽聞三聲砲響，夢醒去中央。

△提督將軍令交給年少的蘇元生（里民代），元生領命而去。

（或者以投影呈現第二場的開頭內容）

蘇元生：我想起來了，一十六歲領命守城，龍襄右鎮兵在此紮軍營。轉眼二十載，不見遣返令，蘇元生白了頭，魂魄赴幽冥。

兵一春：不是這樣的……

蘇元生：妳是誰？似曾相識，

兵一春：似曾相識，

老里長：人生如浮萍，載沉載浮將日迎。

蘇參軍，您記得爲何來此……

蘇元生：奉命守城與墾荒。

老里長：那爲何「向」在此作祟？

蘇元生：心頭怨，路慢慢，血淚斑斑。

兵一春：該怨的不是你……

蘇元生：妳到底是誰？有種痛有種酸，如藤蔓將心攀。

老里長：她是姬不花的後代……

蘇元生：姬不花？不是花名是人名？

兵一春：你竟然忘了她！她為你將花採，她為你把布裁，一針一線情似海，贈與情人盼望情不改。

蘇元生：姬不花姬不花……

老里長：四百年前的那一年，明鄭內鬥，最終敗給了清政府，幾乎所有的鄭家軍都被遣回唐山……

蘇元生：你說明鄭王朝敗了嗎？

老里長：是的，敗了。這改朝換代不是歷史常態嗎？哪有永遠的帝朝……

蘇元生：不不不，提督未下令，未將末將遣，是你們在騙我吧！

兵一春：你的記憶是假，我的夢境才是眞。可憐的姬不花，枉費她一片眞情實意，爲你鬧革命，爲你把命拋，你竟然徹徹底底忘了她，只記得你的軍令如山。

蘇元生：你們到底是誰！爲什麼要假造歷史！

老里長：你不是說看到她會心痛嗎？因爲她身上流著你的血脈……我不知道當時到底發生什麼事，但這個故事一代傳過一代，每一任的里長任職時都會聽到這個故事，也被要求要傳下去……

兵一春：或許只有我知道眞相，如果我的夢全是眞的的話……

蘇元生：這也太可笑了吧……

老里長：你看看這個東西吧，看看是否認得……

△老里長示意，乙里民奉上一盒子，老里長拿出盒中腰帶。

幕　後：（唱）霎時間天崩地轉，打開記憶的門栓。

△蘇元生接過腰帶，看著上面的繡字，有點崩潰。

蘇元生：元生不花，元生不花，不花不花……我怎麼會忘了妳

（唱）妳說有妳在的地方就是家，我卻為了國捨了家。

鄭王國內爭外鬥，我偏偏成了睜眼瞎。

姬不花姬不花，妳在哪？為何不回答……

兵一春：看他心痛心如箭靶，再不忍言語責罰。

蘇元生：（拉著一春的手）妳說妳知道眞相……

△影像呈現戰爭場面。

兵一春：那一年她懷胎六甲，你領兵將敵拿。

為了國玉碎不全瓦，身中箭兩肋刀插。

老里長：兵之風在戰場上取回你的腰帶，姬不花忍痛產子後，憂傷過度而亡……

蘇元生：不花……

兵一春：或許你是因爲太痛而選擇遺忘，不是眞的把她忘懷了……

蘇元生：（悲痛地笑）哈哈哈（轉哭聲）

（唱）花開花落，流轉總有時。我的花兒落，百年無蹤跡。

到哪裡將妳尋，漫漫無歸期……

△南管曲【梧桐葉落】音樂響起。

△舞者跳舞。

幕　後：（唱）梧桐葉落滿地是……

—全劇終—

選自《蝴蝶夢舞》，臺北：書林，二〇二〇年

2〈白薯的悲哀〉／鍾理和

◎閱讀引導

經歷日本統治臺灣時期的鍾理和，雖貴為當時的望族，卻為愛遠離家鄉，曾遠赴東北滿州國自立謀生，後來有感日人統治的強勢與對祖國的眷戀，偷渡至北京短暫生活。遭逢日本殖民的苦痛，卻在日軍投降後被視為漢奸，諸多不平等待遇，讓鍾理和有感寫下在北京生活白薯（臺灣人的代稱）的無奈。字字針砭時事，對祖國的拋棄痛心疾首；句句傾訴原本對國家的依戀，卻因局勢被判定成外人的辛酸。

◎文本閱讀

一

由馬關條約到九九南京受降之間，時間是長或短，那是不難知道的。這時間，就這樣子剖開了，或沖淡了他們之間的血緣嗎？那更是不難知道的。

這歷史之流，確是回到了它原來的河道了！

二

世界是和平了。但它並非像某種人說：降落來的，而是人類由某個角落裡找出來的。人類把它捉出來，扛在肩上，而今，在地球上闊步起來。感激、歷史的感覺、意志、善、愛、眼淚、生活的煩瑣、惰力……這些，是一切的人類將要求於和平的。

在這裡，人類完全狂醉於和平了，投身於勝利的陶醉裡了——。太和殿在舉行著嚴肅的典禮！在那麼寬廣而雄大的廣場上，希望要找出一塊立錐之地，那是很難的。並且，要希望他們能夠靜靜的沈默一分鐘，尤其是難的。和平與勝利，是讓他們捉到手裡了！他們有需好好的，並且盡情的享樂它。有需揹著它來闊步——加之，太陽、秋風，國旗的飄揚，漢白玉……而興奮、感激、愉悅、滿足，則如波浪，流到各個角落裡去。

——其次，是歡迎國軍，遊行，民眾大會，在報紙與電台上的告同胞書，一切可能的悲劇與喜劇等等！

同樣，在令人暈眩的速度的轉換中、變化中，他們——白薯，他想到似乎需要做些什麼。他們的高與、欣忭，是應該比任何人都要大，都要熱烈。於今後，他們又回到了祖國的懷抱！

——很快的，他們就開會了！

三

——北平沒有臺灣人，但白薯卻是有的！

並不是沒有臺灣人，而是臺灣人把臺灣藏了起來！

把海外那塊彈丸小地——宿命的島嶼，由尾巴倒提起來，你瞧瞧吧，它和一條白薯沒有兩樣。白薯——就這樣被大用起來！

還有，昆蟲的保護色，人們是知道的。但是人類也要保護色，這事情，人們卻好像不大知道似的。然無論如何，人類在某種場合是必要有保護色的——正同昆蟲一樣！

臺灣人——奴才，似乎是一樣的。幾乎無可疑義，人們都要帶著侮蔑的口吻說，那是討厭而可惡的傢伙！

這，他們是經驗了很多了。例如有一回，他們的一個孩子說要買國旗，於是就有人走來問他：「你是要買哪國的國旗？日本的可不大好買了！」

又有這樣子問他們的人：你們吃飽了日本飯了吧？又指著報紙上日本投降的消息給他們看，說：你們看了這個難受不難受？

有比這樣的話，更尖刻，更侮辱，更要刺傷人類的自尊心的嗎？並且，不唯如此，如果他能夠回憶到半世紀以前的事情，他將瞭解這句話包含著有怎樣的意味嗎？

北平是很大的。以它的謙讓與偉大，它是可以擁抱下一切。但假若你被人曉得了是臺灣人，那是很不妙的。那很不幸的，是等於叫人宣判了死刑。那時候，你就要切實的感覺到北平是那麼窄，窄到不能隱藏你了。因爲，它——只容許光榮的人們。因爲，你——是臺灣人。然而悲哀是無用的。而悲憤，怨恨，於你尤其不配。記著吧，你——是那——

——白薯，也就這樣，被北平的臺灣人用了起來！

四

——喂喂，聽見嗎，白薯又被炸啦？

這時候，白薯意味什麼，那只有他們才會知道！

——他是白薯嗎？

這時候，白薯——那就是昆蟲的保護色！

五

白薯居然也開起大會來了，也開起旅平同鄉會來了！

但，就在這裡，他們——史無前例地，被拋在一邊——。祖國不理他們！會場有來賓席，議程裡有來賓致辭，但——期待於他們是過份的，於是這些被空過去了。經常人們在這時候，什麼是最被激烈地希望的呢？那是——鼓勵、安慰、熱情、舊雨重逢的感激的瞬間。

但——沒有！

由會場散會出來的白薯，他們感覺到空虛失望，悽涼！

——史無前例地，他們被冷冷的抛在一邊。

六

臺灣，被葬在世紀的墳墓裡的……。

七

白薯站在地球的一邊！

只見歷史像遊牧民族，在遼闊的大草原上徬徨著。

祖國——但一陣西伯利亞冷風吹來，什麼都不見了，都沒有了。

八

——有好幾個年輕的白薯聚在一室，像經常在這樣的時代年輕人所要做的那樣，他們已有很大的工夫爲著某種問題，在討論著，在商量著。不，說他們在無可如何地悲傷，與嘆惜著，要比較妥當些兒。

一個年輕的悲壯地說：

……老白薯有他們白薯獨特的想法。和你我一樣，有一種祇適於他們自身的法則。做無論任何一種事，希望能夠瞞過他們，那無疑是一個很大的錯誤。不錯，他們是什麼也不知道的。什麼叫做神聖，叫做感激乃至於傳統的光榮——記著，他們對此是不負責任的——這些，他們是不知道的。但他們卻有一個法度，那就是——比較！在比較之前，不管什麼都隱瞞不了。不管什麼，如非經過比較，他們是不肯相信的。你走了，他來了，他們要比較。舊的消逝了，新的上來了，他們也要比較。這樣子他們曉得了哪個是好，而哪個又是不好。也就這樣子，兩個不同的事像與關係，不可磨滅地刻印在他們的腦筋裡，作成了他們的觀念，與感情。

我們能夠由報紙，由不完全的消息，由家鄉寄來的書信，得悉家鄉大概的事情，這是很模糊的——也能夠知道他們的感情。

無論如何：是不能責怪他們的，也只有他們的感情，才是最健全的。我們不能對他們要求更多的東西。比如，你的姐妹在你跟前，眼看著受人欺凌，她們的哀號，是那樣的悽慘的，此時，你將作何感想？比方你餓著肚子，此時你最清楚知道的是什麼？我們不要欺騙自己，在這時候，無論多麼崇高的觀念，是一點兒也不會發生效果的。這沒有別的，就是那「比較」在作祟。於老白薯，什麼是善，什麼是人類最高的感情，都會被拖下地面來的。當我們說：愛你們時，他們便要問我們，那是不是要有好日子過？就是這樣。光有空氣與水，是充實不了他們的生活。實際，於他們，現實才是作成最後的意義的。我們不能夠由這裡學得一點兒事實！一點兒教訓嗎？

最初，日本人到來時，一塊兒他們帶來了皮鞭與尖銳的犁兒。他們可以說從開始就用這具犁兒，由三貂角犁到鵝鑾鼻，再由西海岸到東海岸。凡是他們能夠由那裡犁起來的，便不問什麼，統統拿走。而皮鞭、就跟在那後邊。於是，那地方成了他們所說的「帝國的寶庫」。但現在，可感謝的，祖國已收回了這塊土地。祖國慈祥地打開他的胸懷，溫柔的說「回來，孩子！」。當然，我們是可以相信的，我們是被解放了。也即是說，我們已不再受那皮鞭與犁兒的苦！

同時，我們當然也看到了這一點。

臺灣人——祖國說。並且它常是和朝鮮人什麼的被排在一起。朝鮮人怎麼樣，臺灣人又怎麼樣，——報紙上常常登著。這樣的話，我們已經聽得太多了。我們能由這裡感到少許的親熱嗎？從前，我們的支配者也同樣叫我們——臺灣人！這裡，我們讀到了很多的意味：差別、輕視、侮辱，等等。然而我們能夠說什麼呢？祖國——它是那麼偉大的。它不但包括一切善，並同它包括一切惡。它要求我們的代價。

在從前，我們是那麼自然的，發起了革命，發起了民族運動，而且求援於祖國。那完全是迫於必要——那時候我們有敵人。假使於斯時我們有武器，我們是充分的明白我們是要怎樣來使用它。我們知道拿起我們的槍，對準我們的敵人，撥動機鈕。——但，而今，我們已無需這些了。從前，我們曉得我們要打的是誰，現在，我們已不知道我們的槍是要打些什麼人了。你們說要做這個，做那個。那是無用的。現在，你們便是你們自身的主人。難道你要對你自己的額門，撥動你的機鈕嗎？

不幸的，你們扛起你們的槍，向大戈壁走去吧！去到那裡盡情打你們所喜歡打的吧——

但是——但是，白薯是有悲哀的！

九

白薯在故都，不——在祖國的臟腑走著！

他們由各個角落裡走出來，向各個角落裡走去！

他們有年輕的、年老的、胖的、瘦的、有健全的、有患著神經衰弱症的——

他們如流浪漢，混雜在人群裡，徘徊於大街、小巷、東城、西城、王府井、天橋、貧民窟、城根。

他們徘徊著，觀察著。他們像古城的乞丐，在翻著，與尋找著偏僻的胡同，和骯髒的垃圾堆。

他們是看見，且聽見了許多許多的東西了。

故都是一個古老民族的舊巢。在它的裡面，埋藏著一切可能見聞的東西——歷史的沉澱物，世紀的浮滓，與傳統的泥沼！

白薯是看見且聽見了許多許多的東西了。

那是什麼呢——？他們是知道的！

十

貪官污吏，四爺政治，官僚——

十一

白薯是不會說話的，但卻有苦悶！

秋天是風雨連綿的季節，而白薯，就是在這時候成熟的。

仔細別讓雨水浸著白薯的根。如此，白薯就要由心爛了起來！爛心——那就是白薯苦悶的時候！

選自《新版鍾理和全集》，高雄縣：高雄縣政府，二〇〇九年

3〈說國語比較高級〉／江鵝

◎閱讀引導

一九四五年臺灣光復後，本應是歡欣鼓舞、值得慶祝的時刻，然隨著國民政府失去大陸政權，軍民一同撤退來臺，將不同省籍的人永久居留在島嶼上。面對新政權的管理，對於不同的居民而言差異甚大，也造成了省籍間的矛盾衝突，再次激起臺灣多元族群的意識。江鵝生為六年級生，是臺灣經濟起飛的見證者，她將幼時所接觸戒嚴時期的緊張，與現在的自由相比，可看出臺灣近五十年間的差異。本文藉由語言統一的角度，帶入了新政府治國的強勢，也間接透顯講國語和臺語間的族群落差，藉由文章詼諧的筆觸，語言輕鬆卻點出當時人民被迫接受新文化的過程，此點與皇民化政策並無二致。

◎文本閱讀

在學校不能說台語，要是說了讓老師聽到，就得到教室後面罰站，我很不能理解那些男同學罰站的時候怎麼還能趁空嘻皮笑臉，明明是非常丟臉的事情，我怕極了。之前上幼稚班的時候，老師雖然說的也是國語，但是因爲沒有禁止說台語的規定，我從來沒意識到原來自己有些話用台語說得比國語溜，上了小學在禁令之下，才發現話出口前如果不先咬住舌頭想一想，很容易犯規。

鄉間的共通語言是台語，有太多日常用語不作二想地使用台語，就連鄉音濃重的老杯杯來家裡拿藥，也會使勁拼湊出關鍵字彙說明病情，「窩這個腳要吃通會摟的藥」，血路在農村要用台語通。所以剛上小學那一兩年，稍微緊張一點，家裡沒有人能教我，國語主要是看電視亂學，在學校硬說，吃「芋粿巧」也要變成吃「芋頭糕」，自己掰得心虛，老師聽見也浮現飄忽的微笑，不知是嘉許我一心學國語的志氣，還是也發覺國語說不出「芋粿巧」的微妙。

國台語之間有點細微的文法差異，全台灣最知名的例句大概就是「老師他給我打」，這六個字放諸南北不知在多少小學生的嘴裡出現過，老師們的反應也一致得彷彿教學手冊有所記載，涼悠悠地堵上一句：「他給你打還不好嗎？」我察覺到台語和國語的被動式句型不同以後，再聽見老師這樣打發學生，暗地裡覺得奇怪，那麼嚴格不許我們說台語，怎麼又不教我們說好國語。其實老師們自己的國語也南腔北調，捲不捲舌好像只是學生的義務，有些年紀比較大的老師，鄉音重得和注音符號絲毫不相應，最誇張的是兇巴巴的訓導主任，常在升旗典禮的司令台上責備大家放學路上放肆說台語很難看，但是每次點名罵我們班的時候，都要說成「奧連奧班」（二年二班）。我覺得自己國語明明說得比他好，還要受他訓斥好冤枉。

雖然覺得冤枉，但我一點也沒有想要反抗的意思，我想說好國語，因爲說國語的世界比較高級。國語的電視節目比台語的多；國語歌曲可以小城充滿喜和樂，但是台語歌曲一天到晚自悲自嘆歹命人；穿體面衣服輕聲細語工作的人，絕大多數說國語；黝黑臭汗奔波窘困的人，常常說的是台語。我從來沒有猶豫，自從開始上學以後，前往那個體面的輕鬆的明亮的世界，就一直是我的唯一選項。

我非常羡慕班長，爸爸媽媽都是老師，從小家裡說的就是國語，她根本一句完整的台語也說不出來，學我們講「恬恬」的時候，也不懂要在音尾把嘴唇合上，那個笨拙的神態，看起來十分高尚，就像好學生說不出髒話來的樣子，實際上她也經常被老師指派爲班上的模範生。我對於自己台語講得那麼溜，感到羞赧，有些人可以不用學就說得一口流暢國語，眞是幸運。媽媽說有些人是「出世來好命欸」，我想指的就是班長那個意思，媽媽有時候也罵我實在「太好命」，但我覺得這兩種好命肯定有名次前後的差別。

上進心發達過頭的時候，我曾經憤怒家人爲什麼不會說國語，如果全家都說好國語的話，我們不就可以一起當上等人了。媽媽的國語說得不好，從小聽她說會來家裡拿藥的「張石英」阿姨，就是在國小任教的老師，後來她湊巧擔任弟弟的班導，我看到弟弟作業簿上的名字，才知道原來張老師不叫「石英」，叫「淑英」。阿嬤的國語更不行，她想學國語歌的時候，得讓我先念給她聽，讓她在歌詞邊上逐字用平假名注上發音。遇到ㄓㄔㄕㄖ的捲舌音，日文就無解了，只能取近似値，我對捲舌音並不堅持，但是很想要她發好「ㄈ」的音，因為把「飛翔」說成「灰翔」，是最令我羞恥的台語腔，那些從小說國語的人，未必顧得全捲舌音，但是絕對不會說錯「ㄈ」，一旦說出「灰翔」，就是徹底洩漏了我們低俗的出身。

阿嬤不喜歡我緊盯著她的ㄈ，那是她一輩子沒用過的唇形，連帶嘴裡的全口假牙很難裝得牢靠，讓發音更加困難。她唱不準歌詞的時候，我毫不留情的訕笑和糾正，確實讓她感受到我的認眞，也接收了我對台語腔的羞恥心。

心情好的時候，她會說：「啊拍寫啦，阮都嘸讀冊，卡嘸水準啦」，火大起來也會發脾氣：「賺錢乎你讀冊，擱愛乎你笑」。她生氣的是我嘲笑她，不是反對我認為她不會說國語沒水準。她也同意只會講台語是落後一點，在我生存的世界裡，沒有人質疑講國語比較高級的事實。

有一天，我如常翻著家裡的舊物堆，意外挖出一疊發黃的線裝簿本，上面寫著阿公的名字，裡面全是蠅頭小楷，大都是中醫的診斷摘要。其中最殘破、年份看起來最久遠的一本，上面寫著「四書」，是阿公少年時讀書的抄書筆記，全是《論語》、《孟子》、《中庸》、《大學》的金句選錄。霎時間我意識到，阿公一個國語也不會講，但是他讀過書，而且讀得比當時的我多。所以事情不是像阿嬤說的和我以為的那樣，有讀書的才說國語。國語在台灣的確比台語高級，我知道自己的觀察沒有錯，但是究竟為了什麼原因比較高級，我卻要十幾二十年來靠著用國語讀書，離開台語的鄉鎮，移動到相對國語的城市，過國語的生活以後，才有機會聽聞人們用著國語辨析，台語曾經如何低級了去。

台語的世界加上國語的世界，堆疊出現在這樣的我。偶爾聽見有人疾言厲色數落國語人對台語人的侵害，我總是不免心虛，不曉得這一路走來爲了求得一份穩當日子，是不是踩踏過什麼人的腳趾頭，蒙著頭成了既得利益的施暴方。但說起來我實在不曾得過什麼便宜，只不過是一直想要避開說台語會吃的虧罷了。

選自《俗女養成記》，臺北：大塊文化，二〇一六年

單元書寫與引導

1. 文化符碼

(1)第一回合：請同學思考自身的文化符碼，於空白卡片中，寫下代表家鄉的三個「抽象關鍵詞」。例如：古老的、熱鬧的、疏離的、雞犬相聞的，供同學猜測自己的家鄉所在地。

(2)第二回合：請同學以「具象關鍵詞」寫下代表家鄉的設定。例如：動物、植物、交通工具、地標、服裝、食物等，供同學猜想謎底背後的地區。

(3)藉由課前小遊戲，讓同學思考自己來自何處，何種物件可以代表自己的文化符碼，並更認識彼此。

2. 跨域表達

引導同學回想二十年歲月中，社會上曾發生什麼極大的事件，這個事件對自己有何影響？若無這方面的體會，亦可從父母、祖父母的時代中挖掘，進而配合作品中所閱讀臺灣的歷史，明白歷史不僅只是史料與文獻，也可以是生活的觀察與心靈的呈現。本單元將引導同學試著將散文的素材轉譯成影像腳本，撰寫五幕以上的微電影腳本。

延伸閱讀

1. 王德威、黃錦樹編：《原鄉人：族群的故事》，臺北：麥田，二〇〇四年。
本選輯以「族群」爲主軸，收入反映臺灣各個歷史時期的族群問題小說作品，是深入思考族群問題的重要參考資料）。

2. 陳美雲歌劇團：《刺桐花開》，二〇〇〇年於國家戲劇院首演，二〇一二年於高雄大東文化藝術中心三演。
透過戲劇演出，了解清領時期漢人與原住民之前的衝突與融合，可與〈羅漢門之歌〉並賞。

3. 魏德聖執導：《賽德克・巴萊》，電影，二〇一一年。
本片以一九三〇年霧社事件爲主軸，描述日本自一八九五年開始對臺灣的侵犯，以及原住民賽德克族全力抵抗的歷史，可與〈白薯的悲哀〉相呼應。

4. 施淑編：《日據時代臺灣小說選》，臺北：麥田，二〇〇七年。

本選輯收入日據時期重要的臺灣小說作品，是理解此一時期文學與歷史的重要參考資料。

5. 民視電視台：《台灣演義・台灣鄉土文學家：鍾理和》，二〇一四年五月二十五日播出。藉由專題報導了解鍾理和生平、與妻子鍾台妹相戀，以及其文學地位等議題。

6. 嚴藝文、陳長綸編導：《俗女養成記》。中華電視公司，二〇一九年。改編至江鵝同名散文集，可藉此了解散文改編成電視劇的技巧，並且與〈說國語比較高級〉一同參看。

7. 湯湘竹執導：《山有多高》，電影，二〇〇一年，金馬獎最佳紀錄片。導演湯湘竹的父親從故鄉湖南跟隨國民政府來臺，導演藉由父親返鄉之旅，探索故鄉的意義。

8. 龍應台著：《大江大海一九四九》，臺北：天下文化，二〇〇九年。一九四九年是臺灣歷史上的一個重要年代，無數人於此時代的大洪流中留下人生最大的轉折與印記。龍應台藉由大量的人物訪談與實地探察，記錄一個生離死別的記憶。

9. 逃跑外勞著、四方報編譯：《逃／我們的寶島，他們的牢》，臺北：時報，二〇一二年。「移工」是臺灣近年新興的族群，與外籍新娘一樣，臺灣社會似乎並沒有準備好面對這些族群。本文集是移工自述，可藉以了解他們的故事。

10. 李永平著：〈拉子婦〉，收錄於《婆羅洲之子與拉子婦》，臺北：麥田，二〇一八年。馬華文學家李永平將自身遭遇羅織出馬來亞鮮活的歷史群像，反映當時華人與原住民的相處模式。此點與臺灣情景相同，值得與課文三篇作品合觀。

第5單元　題目：

系　學號：

姓名：

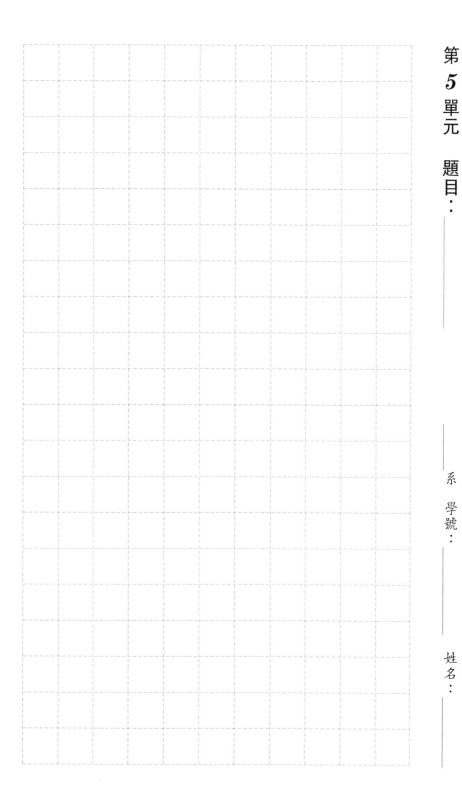

6

百工職志

馬琇芬撰稿

主題

在百工的敘述中，探索個人的職志。

學習目標

一、自我覺察

人的志向隨著年齡不斷改變，年幼時憧憬身邊大人所從事的職業，漸長後社會名人的故事開拓我們的視野。二十一世紀網際網絡爲生活掀起波瀾，許多傳統工作式微、甚至被波濤淹沒，然有更多新興行業破浪而出。面對不可預期的未來，需先了解自己的興趣並深化爲專業能力，才能從容應對職場的變化，一展個人之志向。

二、生命情感

哲學家來到一片工地，問泥水匠在蓋什麼？第一位埋頭說：「我在疊磚」，第二位抬頭道：「我在砌牆」，第三位滿懷熱情回應：「我在建一座教堂」。這三位泥水匠所做的事有何差別？大學教育，不只傳授工作的專業技能，也不僅培養職業的倫理紀律，更希望同學能胸懷志業，開創生命的意義。在思索自己的工作、職業與志業時，請不要埋頭苦思，抬起頭擴大視野，才能看見生命教堂綻放的光芒。

三、創造力

大學依專業分學系，你對於自己的學系有什麼認識？對未來的職業又有什麼期待？本單元首先引導同學了解古人如何詮釋「專業」，再探索今人對工作的認知與職志的追求，從而在體驗活動中，創造新習慣。最後參考典範人物的言行，實踐自己的學習。

文本閱讀與引導

1〈紀昌學射〉／列子

◎閱讀引導

《刻意練習》的作者安德斯・艾瑞克森（Anders Ericsson）認為：「每個人擁有的『天賦』相差無幾，真正讓衆人產生關鍵差距的原因，在於有沒有精準規劃學習方法。」紀昌學射的故事所要表達的意涵之一，亦是這個道理。紀昌除了持之以恆地鍛鍊眼力，還在飛衛的指導下精實地學習箭術，才能成就神射的能力。然而紀昌欲成天下唯一之射手，竟計畫謀殺飛衛，在一番交射後兩人能力相差無幾，竟拜為父子且誓不將射術教予他人，此故事結尾耐人尋味，你對於這樣的結局，有何看法？

◎文本閱讀

甘蠅，古之善射者，彀弓而獸伏鳥下。弟子名飛衛，學射於甘蠅，而巧過其師。紀昌者，又學射於飛衛。飛衛曰：「爾先學不瞬，而後可言射矣。」

紀昌歸，偃臥其妻之機下，以目承牽挺。兩年之後，雖錐末倒眥而不瞬也。以告飛衛。飛衛曰：「未也，必學視而後可。視小如大，視微如著，而後告我。」

昌以氂懸蝨於牖，南面而望之。旬日之閒，浸大也；三年之後，如車輪焉。以覩餘物，皆丘山也。乃以燕角之弧，朔蓬之簳，射之，貫蝨之心，而懸不絕。以告飛衛。飛衛高蹈拊膺曰：「汝得之矣！」

紀昌既盡衛之術，計天下之敵己者，一人而已，乃謀殺飛衛。相遇於野，二人交射，中路矢鋒相觸，墜於地，而塵不揚。飛衛之矢先窮，紀昌遺一矢。既發，飛衛以棘刺之端扞之，而无差焉。於是二子泣而投弓，相拜於塗，請爲父子。剋臂以誓，不得告術於人。

選自《列子・湯問》

2〈賣油翁〉／歐陽修

◎閱讀引導

「熟能生巧」是歷來讀者對本篇故事的常見詮釋，陳堯諮如何成爲一名射箭高手，故事雖然沒有描寫，但賣油翁認為這不過只是手法熟練罷了。手法熟練固然能培養出一技之長，然這篇故事尚有其他值得討論之處，例如：射箭與倒油的效用有何不同？賣油翁的「微頷」與陳堯諮的「笑而遣之」又有什麼不同？這則故事與「庖丁解牛」及「輪扁斫輪」，是否亦有層次的差別？皆可再三思辨。

◎文本閱讀

陳康肅公堯諮善射，當世無雙，公亦以此自矜。嘗射於家圃，有賣油翁釋擔而立，睨之，久而不去。見其發矢十中八九，但微頷之。

康肅問曰：「汝亦知射乎？吾射不亦精乎？」翁曰：「無他，但手熟爾。」康肅忿然曰：「爾安敢輕吾射！」翁曰：「以我酌油知之。」乃取一葫蘆置於地，以錢覆其口，徐以杓酌油瀝之，自錢孔入，而錢不溼。因曰：「我亦無他，唯手熟爾。」康肅笑而遣之。

此與莊生所謂解牛斫輪者何異？

選自《歐陽文忠公文集．歸田錄》

3〈李安教會我的兩件事〉／小野

◎閱讀引導

「他山之石，可以攻錯！」我們常囿於自身經驗與視野，認為自己的觀點是正確的、值得重視的，難以理解他人的觀點與作為。小野的明快、積極，相映於李安的深思、緩慢，恰呈鮮明的對比。同樣在電影界裡投注熱情，小野說做就做、說走就走，為臺灣的電影鼓動一波浪潮；李安慢條斯理、沉潛養晦，亦在國際電影界為華人爭光。多年後，小野有所感悟，藉李安之事撰成此文；人生不會有白做的事、多走的路，若能反思，點滴皆是滋長生命的能量。

◎文本閱讀

有一天，我接到在美國南方教書的弟弟打給我的一通長途電話，他很困擾的問我說：「哥，你有沒有李安導演的連絡電話？」

「我沒有，但是我可以替你打聽一下。」我問他說：「你找李安幹什麼？你家不就有一個啊。」

「問題就出在這裡。」弟弟有點無奈的說，「最近有很多電話打到我家，說要找導演李安，偏偏我們家的李安接到電話會說，我就是李安。然後，就開始牛頭不對馬嘴了。」我的姪兒也叫李安，當初取名字時沒想到會有這點困擾。

上個世紀八〇年代中期，當我還在中央電影公司當電影公務員時，我也曾經打電話到紐約找李安。

那時候他已經從紐約大學電影製作研究所畢業，他的畢業作品《分界線》得了紐約大學學生影展的最佳影片和最佳導演獎。我打電話給他，邀請他回台灣拍電影。其實在更早之前，當台灣新電影浪潮剛興起時，我們就考慮過他，可是他還沒從紐約大學畢業。當時他拍了一部三十分鐘的《蔭涼湖畔》，得到第六屆金穗獎十六釐米最佳劇情片，和他同時得獎的曾壯祥正好在中影公司的一個部門工作，我們就邀請曾壯祥加入了三段式電影《兒子的大玩偶》的導演工作。

這次打電話給李安之前我們又看了李安的《分界線》，一致認爲他正是我們目前最需要的那種能兼顧商業和藝術的高手。我們已經作出原則性的決定，那就是無論如何都希望能讓李安加盟中影這一波新導演的行列。爲了配合李安，我們不惜把拍片現場拉到美國去。我們想了一個留美學生的故事「長髮爲君留」，並且計畫讓吳念眞直接飛去紐約和李安談劇本。通常接到這種電話的導演都像是從天外飛來的好運般雀躍。不必靠人脈、拉關係、走後門，甚至於賄賂，機會從天而降。可是遠在太平洋彼岸的李安在電話那頭，沒有想像中的喜悅，他的語調緩慢而猶豫，慢條斯理的回答著：「拍電影這種事是急不了的，要考慮的事情可多著。慢慢來吧。」

「可是，有些機會也是稍縱即逝的。」我鼓勵他先做再說。

大約又隔了一年，李安請他的同學王獻箎送來了一個剛出爐的電影劇本《喜宴》，我趕快將這個劇本讀完後提交公司的製片會議，當時我強烈建議拍攝，但有人反對中央電影公司拍同志電影，我感覺自己已漸漸遠離決策核心，知道是該離開中影了。然後，我就眞的走了。走的時候還在想：「你看吧，李安，你的機會就是這樣丟掉的。」就在我離開中影三年後，快無法承受一再的挫折打算要改行的李安，終於完成了他人生中的第一部電影《推手》，接著他又拍了《喜宴》。當《喜宴》在柏林影展得了大獎，李安在電視上接受記者訪問時，我正在餐廳吃麵。我聽到他說要謝謝我和王獻箎，我頓時百感交集，差點哭了出來，是有點委屈和心酸吧。

李安教會我的兩件事情。第一，這個世界沒有你，所有事情還是會完成。第二，機會雖然要好好把握，但匆忙上陣，機會也許變成陷阱。離開電影工作後，我也放慢生活和工作的步調，不再那麼慌張和匆忙，滿腦子只想要成功，凡事也不再以自己爲中心，也不再恐懼自己失去了對別人的重要性。在那段漫長的沉潛低調的歲月中，我寫了許多給兒童和青少年們閱讀的小說和散文，用另一種方式和這個社會溝通，我忽然感覺自己的力量比電影時代強大多了。

選自《有些事，這些年我才懂》，臺北：究竟，二〇一二年

4〈討海人〉／廖鴻基

◎閱讀引導

職業無貴賤之分，只有苦樂之別；然苦樂感受乃主觀認知，而非職業屬性。同是從事「討海」工作，廖

鴻基寫出了漁夫的各種處境與態度。海上享受乘風破浪之自由、旗魚豐收之暢快；喜歡孤伶伶地隱沒在海面上，卻又最快到達漁場，魚獲滿滿的快意；不願看人眼色，寧可薄利拍賣漁貨的無奈；罹患肝癌，病榻上仍然思念海上風光的淒然；魚船被颱風打沉，雖然被迫在岸上工作，但回到海上終是「早晚的代誌」。在海上暈了半年的廖鴻基，在驚濤駭浪中體驗討海人生，寫出討海人的心聲，也道出海洋的藍色魅力。

◎文本閱讀

討海人通常把出海打魚叫「下來」，把上岸回航稱為「上去」，每次海湧伯在船上對我說：「起來去啊——」我就知道可以收拾收拾準備回航了。

海岸是個沒有門的領域，開敞著任討海人來來去去。

●阿溪

去年秋末，有一次我和海湧伯開船回港，船隻剛轉進船渠，我們看到阿溪在他船上。阿溪的船在碼頭綁了四個多月，船底長滿青苔和藤壺，船板乾燥成枯白顏色。海湧伯隔著一艘船距離高喊著和阿溪打招呼：「阿溪仔，眞久沒看到，那有閒下來。」

四個多月前，阿溪在飯店任職的朋友介紹他到一家新開張的觀光飯店洗衣房工作。當時，阿溪可能是討海厭倦了，他說：「四十多年了，沒想到還有機會上去工作。」他把船隻牢牢綁在碼頭，上班去了。

海上作業得空，阿溪很擅長用船上無線話機和其他船隻講些風花雪月的往事，自從他上岸工作後，海上話機單調沉靜了許久。

「幹——」沒想到阿溪用忿忿不平的聲調回應海湧伯的招呼。

我和海湧伯把船繫好後攀到阿溪舷邊，想聽聽他到底什麼事不平。

「幹——嬒合啦，那有中午吃一下飯嘛要打卡；」阿溪一邊整理釣絲一邊說：「稍稍坐下來休喘一下，領班目睭就晶晶看，干呐欠他幾百萬咧；」他解開船纜繼續說：「喫一下檳榔嘛要管小管鼻，什麼驚檳榔汁啐到床巾，什麼觀光飯店喫檳榔嘸好看，幹——干呐咱這款人無配在大飯店做工。」

阿溪發動引擎，大股黑煙從排氣管憤憤噴出，像是把四個月岸上累積的鬱卒終於暢快嘔了出來。船隻擺脫港堤束縛，輕快滑行出去。隔一艘船距離，阿溪回頭對我們嚷著：「辭辭掉，辭辭掉，下來討海卡自由啦。」

那年年底，阿溪三流水討了十幾條旗魚，三趟海賺了將近二十萬元。海上話機傳來阿溪活轉過來的聲音：「有錢賺、有面子、又免人管，四個月干呐被網子網死在埔仔頂，下來討海卡贏啦。」

●明財

明財船上的無線話機老是故障，和他通話時聲音斷斷續續雜音很多，也常常叫他叫了半天都不回應。有人嘲諷著說：「明財仔，話機拿到下去海裡濆濆洗洗咧看會卡清嘸。」也有人正經建議他說：「魚仔掠嚇多，換一台話機嘛嘸過分。」

明財總是笑著回應說：「這趟上去就要去修理了。」

明財說要修理話機不曉得說了幾回，但是從來沒一次認眞修好過。他在海上不愛講話，才四十出頭，就一副老討海人深沉模樣。海上作業，他的船很容易辨認，船頂沒有遮篷，船身漆成和別艘船不同的淡青色，他又老愛穿一件青色衣衫，像保護色一樣，隱身在他的船隻裡，我老覺得他和他的船已經融爲一體。

明財不愛和船群一起抓魚。常常我和海湧伯在破曉時刻趕到漁場，他孤伶伶一艘在漁場裡不曉得已經待了多久。等船隻漸漸多起來，他扭擺船身，船尾拖一條白沫水波，一個不留神，一下子就失去了蹤影。有時候，整天都看不到他的船影，叫也叫不應，好像在海上失蹤了。

但是，當某艘船碰到魚群，在話機裡通報其他船隻時，他比任何一艘船都快，彷彿從海面哪個縫隙裡鑽出來。當我們趕到時，他已泊在魚群裡拉魚。

海湧伯最愛講他：「夭壽，明財仔，叫也叫不應，一聽到吃餌干吶在飛咧。」

有一次，我遠遠看到他停泊在海上等候流水變化，要很注意才看得到，他盤腳坐在塔台欄杆上，動也不動，像一尊雕像。我發現海湧伯很注意他，可能是海湧伯在他身上看到了自己年輕時的影子，也可能是海湧伯將他當作是討海對手。明財時常抓到別艘船抓不到的魚，他的漁獲量也經常讓別艘船驚訝羨慕。

有次在漁會碼頭卸魚，才發現明財講話有點結巴，他的臉孔曬成很好看的紅棕色，眼神明亮帶點海水的青藍。

第一次岸上仔細看他，我就有種直覺——明財會是個出色的討海人。

●阿山

阿山更年輕，三十不到，他什麼魚都抓，放網、放釣、潛水……他用大部分時間待在海上，好像擁有可以揮霍的無窮青春和體力。很少看他穿衣服，不管在海上或是岸上，整個夏天他就只穿一條黑色短褲。他的頭髮像雄獅的鬃鬣，好像泡了太多海水，老是蓬鬆鬆張舉著。有陣子，阿山發現魚販攤子上擺著他捕抓的一條魚，魚的售價竟然是他在漁會拍賣所得的兩倍多。「原來如此，」阿山說：「幹——自己來賣。」

阿山去整了一輛小貨車，學魚販在貨車上糊一只玻璃纖維魚箱，他海上抓的魚不再拿去漁會拍賣，都和碎冰一起裝進車上這只冷藏用的大箱子裡，車子開到市場路邊，幾個保麗龍盒子地上一擺，學著吆喝叫賣了起來：「自己抓的，無青免錢吆——」。阿山打赤膊賣魚，曬成赤褐色的皮膚和海水泡太久的頭髮總讓我覺得，無論如何都不像個魚販。

生意聽說不錯，但只那麼一陣子後，再看到他時，阿山貨車上的大魚箱已經拆走，不曉得爲什麼，阿山收攤不再賣魚。

幾天前在碼頭卸魚時碰到他，阿山忙著把一簍簍齒鰆從甲板抬上碼頭。那天，齒鰆豐收，魚價摔跌到二十元一斤，漁船排隊在碼頭邊茫然搖晃，猶豫著該如何處理滿艙的漁獲。海湧伯大聲叫住阿山：「

阿山仔，擺落去自己賣，又不是沒賣過魚。」

「啊，要拜託人來買，拜託人的代誌咱嘸合啦。」阿山搔著後腦，還是一簍簍把齒鰆拖進拍賣場拍賣，「二十元就二十元嘛。」他回頭對海湧伯苦笑。

由於善潛，常看到他潛水幫別艘船割除攪纏在槳葉上的繩纜或漁網，港口的討海人都知道，阿山只要被拜託，從來都是俐落爽快的答應，但他硬是不肯低聲下氣拜託岸上的人來買他親手捕抓的魚。

聽說他曾經和買魚的人吵了一架，只因為買魚的人嫌他的魚不好。

●阿華

阿華死去兩年多了，因爲肝癌死在岸上。

生前我去看他，阿華掀開上衣要我摸摸他鼓脹硬撐的肚腹，他說：「醫生叫我回來等。」不讓我說什麼，他隨後立刻又補了一句：「等死啦。」

那天他躺在床上，臉孔白損損，看來體能衰差，太陽曬在他臉上多年累積的烏亮顏色都已退去，像魚隻上鉤後拚命掙扎似的體力也已經離開他的身體。阿華現在改喝草藥，醫生已經放棄他了，只好回家吃偏方等奇蹟。他把一碗黑稠稠的藥汁推到我眼前，堅持要我喝一口：「幫我喝一口，眞苦，眞正艱苦。」

和他談起海上捕魚的過去，他坐起來，聲音中漸漸有了氣力，好像忘記他是個將要被生命遺棄的人。他越講越有精神彷佛把病床當做是他漂泊在海上的漁船。我越講越難過，到如今，海洋只能在他的腦海裡回憶。而他的船，他眞正的船只能綁在港邊孤伶伶等著。

離去前，他掙著起來送我到門口，夕陽亮光讓他始終瞇著眼，眼神彷彿落在遠方，阿華靠在門邊說：「眞想再下來一趟……」最後一句，有些自言自語，阿華細細聲說：「啊，海上空氣眞好，讓人懷念。」

●添旺

添旺十八歲開始討海，一直到五年前一個颱風打沉了他的船，他才決心上岸發展。

五年來，岸上換了幾個工作，每樣工作添旺都像討海那樣使了勁拚。幾年下來，添旺娶了太太，生了兩個小孩，房子買在海湧伯厝邊，生活總算是穩定下來。

海湧伯家裡時常有討海人聚會，喝點酒也聊聊漁撈生活種種，總是你講一段我接一段把討海的遭遇配著燒酒誇張的講出來，「夭壽，有夠大尾，撇咧撇咧就在船仔邊，我鐵鏢捧起來，對準頭殼就給鏨下去……啊，繩仔直直去啦，擋也擋不住……」，那講話的手勢動作和聲調都像在撩撥水面掀起波濤。

添旺老是接不上話，他的海上故事都在記憶裡長了霉斑。

有個晚上聚會，添旺沒來，倒是添旺他太太抱著三個月大的嬰兒走過來說：「添旺昨暝和我講到兩點多，說要辭掉工作下來討海。」添旺他太太沒說好或不好，只顧低頭搖著懷抱裡的嬰孩。

海湧伯和其他討海人還是喝著酒，也沒人發聲表示贊成或反對，其間我只隱約聽見海湧伯用低得不能再低的語尾若有所指地說：「早晚的代誌。」

我下來討海那年，海湧伯一臉嚴肅的跟我說：「走不識路啊，走討海這途。」

整整半年時間，我無數次趴在舷邊嘔吐，把膽汁都嘔了出來；無數次起網拉繩耗盡了所有氣力虛脫得癱軟顫抖；好幾次半夜醒來手掌蜷縮抽筋，如握緊一顆雞蛋如何也伸不開來；好幾次我在舷邊看著驚濤駭浪如滾滾洪流沖擊著船隻而驚惶害怕；多少次我猶豫著海湧伯說過的話——「討海要有討海人的命」。

這段期間，海湧伯始終擺出「大門開開不要勉強」的態度。

回想這段折磨和試煉，我漸漸能夠體會，被討海這個世界認同、接受的艱苦和喜悅。層層考驗後，彷彿重生，海洋像黎明曙光般開始向我展露她的魅力，我清楚感受到藍色潮水正點點滴滴替換我體內猩紅的血液。

出港，變成是歸來，進港上岸，反而是種離開。討海人在「上去、下來」的語意中，是否已透露出，海洋是討海人真正的家園。

選自《討海人》，臺中：晨星，二〇二〇年

5〈自己教自己　轉逆境為優勢〉／許芳宜口述，林蔭庭撰寫

◎閱讀引導

有人視職場爲勞役所，僅是打卡上、下班，賺取生活所需；也有人將工作視爲志業，與生命的意義緊密關聯。如何把逆境轉成優勢，是許芳宜在美國葛蘭姆舞團中深刻的體悟。職場不是穩定的工作環境，而是充滿變數的人際場域。在職場遇到困境，如何馬上調整、進行修正、保持平靜、與人爲善，在在考驗爲人處事的能力與態度。許芳宜在寂寞中獨自摸索學習時，發現自己也正經歷許多藝術工作者的共同經驗，然而他人的經驗固然值得學習，個人的自學與努力，更是認眞看待生命、實踐職志的正向態度。

◎文本閱讀

舞蹈給我的不只是舞蹈，
而是認真看待自己、看待生命的學習，
也讓我對所有的感覺更深刻。

從一九九五年到二〇〇六年，我大部分的跳舞時光都在葛蘭姆舞團度過，雖然曾經幾度進出，但「Fang-Yi Sheu」這個名字與葛蘭姆舞團愈來愈牽繫在一起了。

我一九九五年二月進入葛蘭姆舞團後，同年七月即由實習舞者升爲新舞者，一九九六年升爲群舞

者；一九九七年晉級爲獨舞者；一九九九年成爲首席舞者。許多舞者可能必須耗費十年時間才能走完的歷程，我很幸運地在短短幾年之內就完成了。逐漸地，愈來愈多媒體爲我冠上了「明星」的稱號。

但是，在這些表面的順遂和光環背後，我修習了一門頂重要的功課：自己教自己。

自己找答案

剛進舞團時，我的注意力集中在照顧自己的舞作學習，比較沒有餘力觀察環境或別人；在我心目中，這些世界知名的大舞團應該都是很完美的，我一定要管好自己，不能出錯，不能連累別人。一段時間後，我開始觀察別人排練，在技巧和表演方面發現了很多問題，當時我心想，「連我都看到的問題，爲什麼大家看不到？還是看到了沒說？」也許他們覺得沒有關係，這是每個人的標準不同；但我認爲，在教室若排練粗糙，上了台絕對不可能有質感可言。於是我警覺到，相同的狀況可能也發生在我身上，必須照顧自己更多、觀察自己更多、自覺性要更強。

瑪莎．葛蘭姆所編的舞作，許多都取材自希臘神話或美國民俗故事，交織著對人類內心世界的深入探究，每接到一個角色，對我都是一次跨越文化和心理藩籬的挑戰。有一回我爲了一齣極爲抽象又充滿內心戲的作品「赫洛蒂雅德」（Herodiade）頭疼不已，向藝術總監求助：「這種呈現手法背後眞正的意義是什麼？」她給我的答覆是：「芳宜，我覺得你很聰明，一定可以自己找到答案！」

藝術總監或許是想留給我自由探索的空間，所以沒有直接給答案，但當時我有點錯愕，好像一扇門「砰」地一聲在我眼前關上，是一種回絕。之後，我告訴自己：「從今而後，我必須找方法學，自己教自己，自己跟自己學，求人不如求己，非自立自強不可！」有書可以翻嗎？有錄影帶可以看嗎？也許這些作品不過就是人類共同的本性而已？神話故事描述的人生幽暗面與人性弱點，也許都可以從自己心底去找答案？

就像今天教授給了我一個論文題目，沒有人教我，沒有課本可依循，我要自己上天下地去找線索、找答案，這是我自己的功課。我進入了這個水域，不知會摸到蛤仔還是貝殼裡的珍珠，只能先把腳放進去，才能學習游泳。

加上這段時間我大多是獨自在紐約生活，也養成了自己與自己對話的習慣，無論白晝黑夜都在進行。

養成與自我對話的習慣

早晨好不容易把自己叫起床，全身又痠又痛，眼睛幾乎睜不開來，我就對自己說：「加油！一定要加油！一定要醒過來！今天又是新的開始，不可以放棄！」我發現「加油」是這時候給自己最好的一句話。

晚上練完舞回到家，我也會不斷思索當天排的舞作，比如：爲什麼「心靈洞穴」裡的米蒂亞會嫉妒？爲什麼女人永遠嫉妒男人有外遇？她天生就如此心狠手辣嗎？還是她其實只是一個可憐的女人？爲什麼人們要說她很壞？男人背叛就不壞嗎？或者，女人因爲愛得太深、傷得太重，才會瘋狂到喪失天良？當她爲愛去殺人時，那種痛苦怨恨有多深？

這種自我對話最常發生在搭地鐵時。我的住處通常離舞團都很遠，每天搭四、五十分鐘的地鐵是家常便飯，也成了自我修練的最好機會。

我發現戴上耳機是與外界隔絕最好的方法，有時甚至不必放音樂。如果當天排練過程不順，心裡不舒服，身體又疼痛，我會問自己：我爲什麼要選擇這些？我爲什麼要站在這裡？我爲什麼要接受不合理的對待？別人對我不客氣時，爲什麼我回不了嘴？爲什麼我不掉頭就走？

我就這樣不斷拋出問題，也不斷回答自己，到後來甚至假想有一個人在與我對話。沒有人教我，翻書也找不到答案，那個思維是自己的，我要消化、要說服的對象都是自己。

之後發現，這種與自己的對話能力很重要，因爲許多事情我想要答案，有時問了十個人，就有十個不同的答案，此時的我就需要安靜沉澱一下，聽聽自己的聲音。剛好我在紐約獨處的時間很多，除了跳舞不須操心其他事情，讓我能完全專注在自己身上，每天修練自己的思惟。

即使沒能到宗教勝地朝聖，在這個繁華的大千世界裡，我也能悟出自己聽得懂的道理。

把逆境轉變為優勢

當初藝術總監沒給我答案，讓我自己摸索，這種「反動力」成了我最大的「動力」，所以我一點都不怪她，甚至心存感謝，這應該是她幫助我最好的方式吧！她讓我沒有後路，反而給了我一條出路。

倘若當時藝術總監立刻給了解答，我不可能發展出屬於自己的思路。當然，這需要有正面思考的態度，才能把一個惡劣的處境扭轉爲優勢，也就是佛家所說的「逆增上緣」吧。

懂得把逆境轉成優勢的人，才比較有活路可以繼續往前走。當對方說「我覺得妳很聰明，一定可以自己找到答案」時，我曾經沮喪難過，但很快就化解，可能因為一路走來碰過太多這種情況了，我若一次次都禁不起打擊，可能哪裡都去不了。

反過來講，如果我很幸運，擁有豐富的資源，時時有人在旁幫助我、照顧我，絕對不可能有這些成長。正因爲花了很多時間和自己工作，磨練出敏銳的自覺能力，不論在舞台上或平常生活裡，滿容易看到自己的。譬如，練舞時我可以很快就察覺哪裡出了問題，馬上調整，當別人還沒糾正時，自己已經在進行修正，如此自然省下許多改錯的時間。

前輩舞者雪中送炭

我在寂寞中獨自摸索學習，但並不是絕對孤單，當時曾有一雙溫暖的手向我伸來，令我感動，那是資深舞者藍珍珠（Pearl Lang）。

藍女士一九四○、五○年代是葛蘭姆舞團的舞者，曾經與瑪莎共事，也是瑪莎傳承角色的第一人，德高望重；我進入舞團時，她已經高齡七十多了，仍在葛蘭姆學校教課。當我正在爲如何詮釋「赫洛蒂雅德」傷腦筋時，藍女士打聽到了我的電話號碼，主動約我私下在葛蘭姆學校會面，很慷慨地與我分享她早年演出這角色的經驗，指點我的動作，尤其是一些錄影帶上看不清楚的地方。

經由藍女士的點撥，我才了解，「赫洛蒂雅德」裡女主角在藝術與生活之間的掙扎，不只是葛蘭姆的掙扎，也是很多藝術工作者共同的寫照；當每個舞者選擇呈現葛蘭姆時，我選擇呈現自己。

後來藍女士去看葛蘭姆舞團的公演，總要先問清楚哪場有我的演出，她才會去看；甚至對別人說：「這個舞團如果沒有芳宜，就不必看了。我就是來看她的。」

在我「自己教自己、自己跟自己學」的日子裡，藍女士這位前輩舞者的雪中送炭，好似一股暖氣，紐約的冬天似乎也顯得不那麼寒冷了。

選自《不怕我和世界不一樣——許芳宜的生命態度》，臺北：天下文化，二〇一八年

單元書寫與引導

1. 用三十天持續一件事

聆聽Matt Cutts〈用三十天嘗試新事物〉的短講後，你會想要開始嘗試什麼一直想做卻又未曾去做的事？請模仿Matt Cutts的挑戰，從體驗中記錄自己的發現與學習，並覺察在此體驗過程中有何改變。

2. 十年後，我的一週生活剪影

美國成功學大師史蒂芬．柯維（Stephen Covey）強調，唯有先確認人生目標，才能引領自己走往正確方向。這種「我設計我的人生」的做法，是柯維提出的成功人士七大習慣的第二個習慣：以終爲始（begin with the end in mind）。十年後，你想成爲什麼樣的人？不妨先想像十年後的具體生活，再回來思考如何達到這個目標。爲了讓目標可以達到，請儘量將「一週生活」具象化，再敘述完成目標所需要學習的具體

內容。

3.○○教會我的兩件事

找到一位與自己志業相近的典範，並參考〈李安教會我的兩件事〉一文的架構，描述你從典範人物言行中所獲得的學習。

延伸閱讀

1.林立青著：《做工的人》，臺北：寶瓶文化，二〇一七年。

本書從各種面向，詳實描寫建築工的故事。作者林立青從監工的角度，觀察工人的性別、年齡、族群，速寫工地環境、勞動情況、人際互動及私下關係，也寫出勞雇矛盾、工安問題及非法勞工現象。體現勞工百態，道出勞工辛酸。

2.寫寫字工作室著：《自宅職人：20種完美平衡工作與理想的生活提案》，臺北：木馬文化，二〇一八年。

本書深入採訪二十位花蓮自宅職人，展示多元工作與非典型生活之道。他們選擇在家創業，以喜愛的專業維生，努力平衡現實與理想，打造自己想要的生活。生活並非只有一種面向，工作也充滿各種可能，此書所描寫的故事，揭示了生命的豐富創意。

3.林淵源著：《建築師，很有事：畫說空間的療癒與幽默，林淵源的異想世界》，臺北：城邦文化，二〇二〇年。

相較於建築工人在工地裡混身髒污地勞力，建築師只需在紙上蓋房子？本書作者爲一名建築師，書中二十則執業以來的故事，細膩描述他與業主、設計者以及工地師傅之間的互動，也讓讀者體會一名建築師的設計風格與生活品味。

4. Matt Cutts：〈用三十天嘗試新事物〉，TED Talk，二〇一一年。

Matt Cutts任職於Google搜尋引擎，是搜尋引擎最佳化專家。有一段時間，因爲感到生活枯燥乏味，所以決定追隨美國傑出哲學家Morgan Spurlock的腳步，用三十天時間嘗試新事物。這場演講只有三分鐘，然表達生動有趣、舉例具體明白，深具生命的反思與積極的態度，其觀點值得聆聽與討論。

5. 維克多・沙爾瓦執導：《深夜加油站遇見蘇格拉底》，電影，二〇〇六年。

「你快樂嗎？」生活有來自許多層面的誘惑，或是物質的滿足、或是人際的名聲、或是成就的取得、或是情感的接納，但得到這些就會快樂嗎？主角米爾曼原是一名體操的明日之星，卻因爲發生車禍大腿骨折，體操生涯被醫生宣告結束，從而一蹶不振。是什麼原因讓他重新站起來，回到體操比賽獲得冠軍？是什麼讓他從沮喪中找回自信？這部片有助探討專業與志業之別，思索生命的快樂之源。

6. 班・史提勒執導：《白日夢冒險王》，電影，二〇一三年。

故事描述在雜誌社底片部門工作的上班族華特，生活平穩、工作單調，雖然具有專業能力，卻退縮在舒適圈中。華特的工作態度與雜誌社的精神相違，劇情透過華特找尋底片的過程，體悟雜誌社「開拓視野，看見世界，貼近彼此，感受生活」的精神。這不僅是一部積極正向的勵志片，更有許多值得深入探討的志業意涵。

第6單元 題目：

系 學號：

姓名：

7

疾苦之華

馬琇芬撰稿

主題

在疾苦的體悟中，欣賞逆境的花朵。

學習目標

一、自我覺察

1. 自我覺察

你了解自己的身體嗎？青春正盛時有大把的能量可以揮霍，熬夜後仍精神奕奕，大吃後仍身材纖瘦，緊盯螢幕視力不覺大礙，整天戴著耳機聽覺不受影響。但事實眞是如此嗎？身體隨時都在產生變化，這些變化或快或慢、或明顯或潛藏。一旦超過負荷，出現症狀，你將如何面對？當疾病來敲門，你是否能看見警訊，並正向因應？

2. 生命情感

美國心理學家庫伯勒・羅絲（Kübler Ross）在《論死亡與臨終》中提到：人在遭遇一件「悲傷」的事情後，會經歷「否認」、「憤怒」、「討價還價」、「抑鬱」以及「接受」五個階段。面對死亡如是、面對失業如是、面對失戀如是，面對疾病亦如是。疾病不只帶來身體的疼痛，病者與照顧者的關係亦會產生變化。如何從否認事實到接受悲傷，從接受悲傷到轉化爲力量，是每個人都應學習的人生功課。

3. 創造力

奇美實業創辦人許文龍說：「跌倒後，不要馬上爬起來，先看看地上有沒有什麼寶貝可以撿。」幽默地闡釋他對逆境的觀點。本單元透過疾病書寫，引導同學正視疾病的衝擊，藉由書寫將疾病的傷痛轉化爲生活的動力，看見自我的價值，體悟生命的美好。

文本閱讀與引導

1〈月亮航行〉／莊馥華

◎閱讀引導

生命本是客觀現象，意義取決於主觀認知。太陽是一顆熊熊燃燒的恆星，月亮僅物理性地反射太陽光芒，然而莊馥華自比爲月亮、上帝是太陽，爲她所遭逢的身體之苦，找到正向的意義。自從小學四年級，一場無名大火導致莊馥華不能看、不能說、不能走、不能拿，僅能依靠聽覺與人接觸。面對治療時的苦痛她未曾放棄，堅強的生存意志讓她保持學習的渴求與生命的熱愛，甚至透過寫作關懷病友。生命本自然狀態，價值取決於主觀能動力；愛的能量可跨越各種界限，爲自己、爲他人，帶來美好與希望。

◎文本閱讀

月亮航行著，悄悄掠過沉睡的大地，無數個夜晚、無數個白晝，我的心都在沉睡。面對自己的身體，何等悲傷，何等無奈。不能看、不能說、不能走，甚至不能拿畫筆。

想當初，我還是一個活動好動，品學兼優的女孩。念國小四年級時，家裡一場無名大火奪走了我原本健康的身體。原本天眞無邪總認爲會平平安安地長大，當個畫家，夢想著有一天能造訪梵谷的故鄉，觀看那金黃而廣大的麥田，能到義大利聖彼得大教堂瞻仰達文西《最後的晚餐》。無奈那場火改變了我的一生，醫療復健的路漫長又艱辛，那時的我單純地相信，只要努力做復健，總有一天會再站起來，如月亮一樣，繼續航行。

好長一段日子，爸爸帶我到高雄打針，我哭，媽媽跟著我哭。這樣在高速公路來回奔波六個多小時，考驗著我們的耐心，也挑戰我們的信心。每次回到家裡，才小三的弟弟睡在沙發，電視開著、客廳燈開著、廚房燈開著、房間燈全開著。當爸爸抱起弟弟走進房間，弟弟的衣角濡濕了，而爸爸的眼角也濕了。

我試過各樣的治療：高壓氧、針灸、推拿、藥物……身體始終沒有恢復，復健的過程非常痛苦，因爲痛，我常大聲哭叫，淚流不止，這樣的痛、這樣的苦，我再也受不了了。我問上帝：「爲什麼這樣的災難會發生在我身上？」難道我必須跟這樣的磨難相處一輩子嗎？

我曾盼望醫療能有所突破，神經細胞的移植能成功。每次醫學雜誌或電視報導「基因工程」的進展，都燃起了我的希望，可是我的希望一再落空，就這樣過了十年，想不到盼來的卻是美麗的絕望。

月亮默默地航行，無數個夜晚、無數個白晝。我的身體依然沉睡。同學們一個一個升上國中，考上高中，當我知道有幾位同學考上女中時，我堅強地對媽媽說：「他們走他們的路，我走我的路。」啊！三年過去了，同學都在為進入大學打拚，我依然躺在床上動彈不得，我的春天呢？

時間是最好的止痛劑，我也慢慢適應被人照顧的感受。一切的苦痛我都能忍受，因為我的家人依然陪著我、愛著我，他們從未放棄我，世界也未放棄我。

從不能呼吸到可以呼吸，從可以呼吸到恢復意識，從恢復意識到學好「溝通板」，學會「溝通板」讓我可以「說出」內心的感受。從被動到主動，從消極到積極。之後，我開始練習寫作。我的身體雖然被禁錮，我的心卻很自由，我的繆思可以靈活運轉。一切的哀傷都化為深刻的文字，透過文字的抒發，我更了解自己，也更能接受自己。

七年的在家教育，並沒有抹滅我對學習的渴求，對生命的熱愛。終於，我在二〇〇一年又回到學校讀書，回到學校是我學習的延伸，也開啟我寫作的契機。我就讀彰化仁愛實驗學校，那是一所特殊學校，在那兒總有一群天使圍繞在我身旁，每當我聽見他們可愛的笑聲，總不自覺地想像他們臉上漾起的笑容。

升上高三，經由老師引薦，我獲得了到彰師大旁聽的機會，記得那年耶誕節前夕，同學們圍著我唱〈Christmas Song〉，他們還送我糖果，塞得我滿口蜜糖，滿心的甜蜜。旁聽的經驗，讓我成長，也拓展了視野，提升了我的能力。現在的我正用自信和樂觀為人生著上色彩。

我如月亮，上帝的愛如太陽般照耀，反射出亮光。有了家人的扶持，朋友的幫助，我就能堅定地航行。

本以爲寫出心中的文字鼓勵人，就已經是我的極限，誰知道畢業後我跟媽媽搭飛機到了台東馬偕醫院，我用同理心鼓勵那裡的病友。其中有一位姊姊跟我的境遇相似，當她努力學會「溝通板」的時候，我們都哭了。下午，我們到了海邊，這是她受傷一年多後第一次出遊。希望她能走出悲傷，我們的黑夜能隨著浪花捲入海底，不再翻騰。

「壓傷的蘆葦祂不折斷，將殘的燈火祂不吹滅」。安慰他人，我也同時得安慰。生命是可貴的，每一個人都需要被愛，被平等對待，愛會跨越界限，笑容將充滿每一個角落。走過布滿荊棘的道路，迎接我的是撲鼻而來的芳香。

選自《自由時報．自由副刊》，二〇〇五年二月五日

2〈住院日記〉／馬琇芬

◎閱讀引導

一位罹患慢性腎臟病的患者，經過十六年的追蹤治療，終因腎臟衰竭而需面對洗腎或換腎的抉擇。幸獲

妹妹捐贈腎臟，得到了新的力量與希望。腎臟移植前，面對逐漸耗弱的身體，如何看待自我的價值？腎臟移植後，感受日漸健康的身心，又是如何重新理解生命的意義？作者細膩描述腎臟移植住院時期，術前術後的身、心變化及反思，寫出病患的心聲，也道出臺灣醫療的溫暖。

◎文本閱讀

猶記考上研究所那年，血壓頻頻升高。到家庭醫學科就診時，醫師見我正逢青春年華，初判可能是年輕女性常見的甲狀腺機能亢進所導致，怎知一轉再轉換了好幾項檢查，最後才驗出是中老年人始常見的腎臟疾病！

住院接受切片手術後，隔天去照超音波，正當我起身準備離開檢驗室，醫檢師突然建議我：「最好不要生小孩，否則你的身體恐怕無法負荷。」這個「忠告」彷若一記棒鎚迎頭擊來，我打開門恍恍然無所適從，從檢驗室走回病房，一路顛簸幾乎失去方向。

淚水不自覺的滑落，真覺得自己是天底下最不幸的人了！

面臨抉擇

在升學體制上一路磕磕絆絆，二十六歲終於考上研究所，以爲過往不順遂的人生即將邁入美好的里程，豈料迎來的竟是另一道難關。

查閱腎臟病不宜懷孕的原因，始知腎臟猶如濾心，是淨化血液的器官，過濾食物中的蛋白質與體內代謝產生的廢物。腎臟病患的腎臟功能已無法順利運作，若再懷孕即如雪上加霜，恐會加劇毒素的積累，對孕婦與胎兒皆有危險。

醫檢師見我年紀輕輕，才會給予忠告。但我渴望戀愛、渴望婚姻，一個未婚女子，不都是滿腦子不切實際的浪漫夢想嗎？可哪個男人會不顧現實地與不宜懷孕的女人成立家庭？

曾經有一個男子，在得知我的病況後，依然與我交往。當下雖不至於欣喜若狂，但感動與希望充塞胸懷。直到兩人價值觀不合的問題浮現，我並未如乞人憐愛的寵物般將就對方，而是毅然結束這段感情。當下內心清明：我乃喬木，而非絲蘿。

後來又有一個傻子，毫不在意我的病況，俏皮地拿易開罐拉環當作定情之物。我笑了，傻傻不知以拉環爲戒早是老哏，還認爲他是天底下最浪漫的人。六年長跑，兩個傻子終於結婚，成爲悠哉的頂客族（DINK: Double Income, No Kids）。

我並不是一個模範的腎臟病患，時常不能忌口，吃了一些不該吃的美食。人性不都如此嗎？愈是不能擁有或嘗試的事，愈具有誘惑力；愈是罪惡的事，愈叫人想要偷偷越界。然而沒能嚴格遵守飲食限制的結果，肌酸酐指數①逐年上升，自確診後十六年，我所害怕的事終於發生。

---

①肌酸酐（Creatinine）是肌肉在人體內代謝的一種產物，會透過腎臟代謝出人體。若腎臟功能受損，肌酸酐就會藏在腎臟內，誘發腎衰竭與尿毒等症狀。因此，從血液中所含的肌酸酐含量，就可以反映出腎臟的健康狀況。當腎臟功能變差，肌酸酐也會升高。其正常值為每一〇〇cc血液中約〇．六－一．二毫克。

護理師爲我說明傳統的血液透析和腹膜透析兩種洗腎方式，然而無論哪一種都令我驚嚇得不知所措。醫師也提供第三種選擇：腎臟移植！但哪來的腎臟？等待逝世者的捐贈，機會微乎其微。

姊妹情深

當我向家人提起這個不可逆反的事實時，我唯一的妹妹，比我小八歲的妹妹，在電話那一頭哽咽地說要捐一顆腎臟給我。我們兩人哭得像淚人兒，妹妹甚至說如果姊妹倆只剩下她一個，她也不知該如何活下去了。

這一番深情之言猶如綿密的暖意，層層包覆我那因絕望而冰冷的心，當下雖然隔著一條長遠的電話線，內心卻緊密相依。

民國一〇〇年，我血液裡的肌酸酐已於每一〇〇cc血液中超過十毫克了。最明顯的變化是迅速地消瘦、尿液起泡、嚴重貧血、夜間肌肉抽筋、下肢與腳踝水腫。與妹妹一起接受爲期一年的捐贈評估：先是比對血型及組織型、組織型交叉配合試驗，接著妹妹還需要進行超音波、心電圖、斷層掃描、核醫檢驗等歷程，此外還要會診一般外科、婦產科和精神科（評估捐贈者是否能承受捐贈腎臟所付出的代價）等等，無數費時的檢驗後，終於要進行移植手術。

向來怕痛，小時候打針都得要爸媽壓著施打的妹妹，一一勇敢完成每一道關卡。陪伴妹妹檢驗的這一段時間，心中不免有些內疚，若非自己不愛惜身體，怎需讓妹妹無端接受這些痛苦呢？歉意堵在心裡說不出口，只能默默地陪著，相形之下身爲姊姊的我竟不如妹妹勇敢堅強。

術前準備

七月十一日，我們終於住進醫院了。

第一天，好像來渡假一般，一點緊張的感覺也沒有。妹妹、母親、我和外子四人分別將行李中的衣物用品整理好。隨後我和妹妹做了一些術前的檢驗，回房吃了醫院訂的晚餐，看了一晚的電視，早早就寢。

第一天平靜而簡單的檢驗，令我過於輕忽，壓根未曾預想到即將到來的可怕經歷。

第二天一大早，我就被送去洗腎室進行臨時血液透析。

一般的血液透析方式是在手臂上安置一條動靜脈瘻管，等待一段時日讓瘻管將動靜脈養得強壯可以承受洗腎時，才能開始長期透析。由於我始終未曾洗腎，所以在術前必須進行臨時血液透析，以免尿毒影響開刀品質。

臨時血液透析的方式是在右頸連接心臟的靜脈中，安置一條長達十五公分左右的雙腔靜脈導管，由於導管較粗，必須動個侵入性的小手術。

躺在病床上，從病房一路被推送到洗腎室。仰望天花板，看著沿線往後移動的燈管，像是穿梭在不可思議的時空軌道中，有種茫然荒謬的感覺。

進入洗腎室，首先穿入耳膜的是一陣陣男子的哀號，無助地嘆息著、怒咒著。我轉頭望向偌大的空間，十餘床病患靜靜地躺在病床上，陽光被藍色窗簾阻隔，幽幽藍光將空氣染上冰涼無奈的氣息。尚未開始進行置管手術，便已把我嚇得心驚膽顫。

病床左邊有一台血液透析機，數條透明的管線複雜穿梭，正當我以研究的眼光仔細觀察管線的分佈時，要為我進行臨時血液透析的醫師終於進來了。他先簡單為我解釋即將進行的手術過程，聽起來似乎並不可怕，只要牙一咬，很快就可以結束。然而當他拿出一件藍色的無菌布，將我全身罩住時，因為無法看到手術過程，頓時手心冒汗，心跳也急劇加速。

醫師每進行一個步驟雖然都詳加口述，但在看不見的情形下，只能憑藉觸感覺察手術的過程。當第一支止痛劑往脖子插下去，彷若一道銳利的壓迫穿刺而入，極為恐怖。接著再施打痲醉劑時，突然感到胸口一陣窒息，像被重物壓迫而喘不過氣來，我恐慌地向護理師求助，護理師趕緊為我插上氧氣管，一股清爽新鮮的氣流立即緩解了胸口的不適。

痲醉後，只隱約感受到醫師一連串的動作，不清楚進行的細節。直到為了將導管固定在皮膚上而縫了兩針時，表皮被細線拉扯的痛感簡直比打針還令人難以忍受。

可怕的置管後，立即進行兩個小時的血液透析。這期間只是躺著，除了脖子的傷口隱約有刺痛感，並沒什麼不適的感覺。待透析結束，透析用的管子仍留在頸上，用紗布覆蓋住，頗為累贅。醫生解釋這是為了因應手術過程中，需要緊急透析所用，直到術後觀察順利始可取下。於是我傾著四十五度的脖子活動，極為搞笑。

第二天臨睡前，為了隔天的手術，我和妹妹都必須灌腸。這又是一項可怕的考驗。眼看著一管又粗又長的藍色針筒，往肛門用力一戳一擠！老天爺啊，那股壓力之大簡直難以忍受。爲求徹底清腸，護理師要求我們用力緊憋十分鐘才能如廁。妹妹耐力不足，不到五分鐘就宣告放棄，直奔廁所，留下我在床上輾轉難耐。在我千催萬迫之下，妹妹才匆忙離開馬桶按下沖水按鍵，我便迫不及待地坐上留有她屁溫的坐墊，浠瀝嘩啦不顧形象的在她面前暢快宣洩。

挨過了這令人難堪的灌腸，一夜好眠。隔天便要面對最大的難關——腎臟移植手術。

移植手術

這一場移植歷程如接力賽。妹妹八點就被送入手術室取腎，在腹腔打了四個洞，灌入大量氣體，將五臟六腑撐開，以方便進行取腎手術。醫師以腹腔鏡儀器切除左腎後，再從腹部下方橫切一道約六公分的傷口，將手探入腹腔取出腎臟，再用儀器縫合血管、傷口。

腎臟取出後，得先整理多餘的血管，清除乾淨，才能移植。腎臟移植與我想像不同，並非切除衰竭的腎臟後植接新的腎臟，而是植於右下腹的髂窩（iliac fossa）處，於是我的體內便有了三顆腎臟。

妹妹下午一點才從恢復室回到病房，我則在十點進入手術室，接受術前準備。

當我被推入手術室時，一股冷冽的氣氛襲來，彷佛進入冰庫般不寒而慄。身著綠衣、綠帽的護理師例行性地詢問我的個人資料，確認患者身份後，將我推入手術房，便見主刀李伯璋醫師已在現場等候。

在一旁協助開刀的醫師和護理師們溫和地扶持我移至手術床上，手術床比我想像中還要狹窄，躺上去後，雙手置放在一旁延伸出來的兩條橫板，彷佛躺上了十字架。

待麻醉師爲我施打全身麻醉的藥劑，並爲我罩上氧氣罩，從十慢慢倒數到八時，我感受到李醫師伸出溫暖的手按著我的右掌，溫柔地給予我勇氣，那眞的是一隻令我感到安心的慈祥之手。

很快地，我已不醒人事，直到下午三點左右，聽到有人呼喚我的名字時，只感到右腹一陣劇烈的疼痛，然後又昏迷了。在恢復室裡，意識時而清醒時而昏迷，眼睛遲遲無法睜開，只聽得有人在耳畔低語，但說些什麼卻難以辨識。被送回病房許久後，睜開迷曚的雙眼，意識到有人正在爲我更衣，才明白自己身在何方。

然而眞正的苦楚才要開始，麻藥退後的驚人噁心感，令我吐得膽汁四溢。膽汁不斷從腹部直竄而出、湧上喉頭，嘔了一袋又一袋的黏稠黑綠色汁液。嘔吐固然痛苦，但當腹部用力時伴隨而來的疼痛，則如撕裂身體般更加難以忍受。

術前頸部右側留置的透析管仍在頸後，術後左頸又多了一條。詢問後才得知，手術期間曾用右側管子進行血液透析，但因爲阻塞，所以緊急由左側又置入新的透析管。於是當我要側頭嘔吐時，脖子的束縛更加重了身體的不適。

能吐出來的胃液，倒也罷了；吞不下去的藥丸，才令我心煩。

呑藥難關

手術前一天，醫生就開抗排斥藥丸[②]讓我服用。說起藥丸，不怕人笑，再苦的東西我都能嚥，就是

②抗排斥藥物可延長新植入器官的壽命、預防排斥作用。

無法吞藥。說也奇怪，藥丸在我嘴裡就是不聽話，隨著口腔裡的水轉啊翻地，總無法乖乖滑入食道。

過去吃藥，都得經過咀嚼才能服下。咀嚼的過程，像一種強制性的習慣；我要吞下藥丸，得先咀嚼，才能順利讓破碎的藥丸順利滑入食道。

然而來到醫院，在護理師、家人的監控下，我不敢放肆地咀嚼，尤其術前的藥丸頗硬，咬都咬不破。雖然只需吞一顆，卻得發揮極大的勇氣與毅力，才能完成任務。

術後當晚，眞正的考驗才要開始。護理師拿來四顆普通膠囊，和一大顆超級大膠囊。我皺著眉奮力吞完前四顆，至於那顆超級大膠囊徹底把我打敗，只能苦著臉和護理師央求換成四小顆，努力了半個小時終於克服任務。

豈料隔天一早，惡夢再度來臨，我才吞了飯前的三顆藥丸，整個人就混身不對勁。勉強吃了幾口早餐，繼續和八顆飯後膠囊奮鬥。

這一回，我眞的已到極限。花了半個小時、喝了一大杯水才吞完藥，差點沒哭出來，隨後竟不自覺的全身緊繃，極不舒服。我用力深呼吸，希望能放鬆心情，但依然無效。向護理師求詢時，她認爲我太緊張了，休息一下就好。幸而外子透過按摩方式，舒緩了我緊繃的肢體，狀況稍有改善。

小睡醒來，再度吞了三顆飯前藥丸，全身緊繃、用力的症狀更加嚴重了。只覺半邊屁股的肌肉無端緊繃，緊接著兩邊股肌夾緊，慢慢地向上緊縮至腹部，於是整個身軀像蝦子般蜷縮起來，無法挺直，並且導致腹部的傷口劇烈疼痛。有時，頭部不自覺的後仰，努力拉回，又再度後仰，並且無法自主的搖晃。即便平躺，全身仍僵直後挺，緊繃的下頜擠壓脖子上的插管，掐住了呼吸道，想要深呼吸卻成了急促的喘息。全身直冒冷汗，以至於頸部兩端包紮著洗腎置留管的膠帶都脫落了。

恐懼霎時籠罩，我這輩子從未感到如此驚惶！

正視脆弱

外子見按摩無法舒緩我的情況，再度向護理師反應。護理師終於向主治醫師通知，李醫師聞訊後，立即帶領其他醫師前來觀察醫治，使用了肌肉舒緩劑、鎮定劑，陪同的張醫師和黃醫師也一同爲我按摩，舒緩肌肉，極其用心地在一旁安慰我、鼓勵我。

但當時我內心依然感到焦躁不安，一股怒氣莫名而發，或許是氣自己不爭氣，在眾人的幫助下卻還不能馬上恢復，抑或許是氣自己意志力薄弱，於是不自主地掄起雙手搥打身體。李醫師見狀趕緊俯身用雙手制止我的自殘，並且柔聲撫慰。張醫師和黃醫師則繼續爲我按摩，盡可能鬆緩我的身心。

也許藥劑慢慢發揮效用了，我緩緩陷入昏睡，終於不再全身僵直，但醫生們卻仍繼續陪在身旁，視病如親的態度令家人感謝萬分。

下午，李醫師的助理協同一位精神科周醫師前來爲我諮詢，協助我舒解內心的壓力。原先還保持理性思維的我，在他們的諮詢下，內心深處的矛盾與脆弱流淌而出，淤積暗藏的淚水彷彿找到了管道，哭得不能自已。這神奇的經歷似乎舒解了我的壓抑，也讓我正視內心的脆弱。

不敢吞藥丸或許只是內心壓力的表象，其實內在還有許多不自覺的困境吧！

向來偏執的認爲身體像一具機器，其保養和耗損與生活作息及飲食相關，至於心神和情緒對身體的作用或影響則極其微小。直至經歷了「藥丸事件」，才感受到心理狀態對身體的深刻影響。

醫師進行一連串的評估後，察覺我全身佈滿管線，判斷症狀可能與束縛有關，所以立即決定先拔除預留的頸靜脈管線，讓被重重管子包裹的脖子有了一些自由的空間。然後逐一卸除我身上的管線：拔除手術期間觀察血壓的手腕雙腔針管，移除右手食指上的血氧濃度偵測器，鬆開右臂的血壓定時測量器，抽掉輸尿管，只留下一條體內血水引流管。

與精神醫師諮詢後，我認眞考慮要進行一段時間的心理諮商，徹底了解內在的壓力與問題。當初驗出腎臟功能衰退導致高血壓時，醫師探詢可能的病因，我只以爲來自母親家族的遺傳，然經此次吞藥所引發的身體反應，我不禁懷疑長期承受落榜重考的壓力，是否亦爲腎臟功能衰退的原因。無論如何，罹患腎臟疾病若是人生的意外大轉彎，腎臟移植將是另一個不可預測的人生轉向！

親密關懷

移植期間住院十一天，與母親、妹妹、外子和婆婆緊密互動，深覺一個人能容許他人與自己的距離有多近，就反應了彼此之間的關係有多親密。

術後，必須在床上使用便盆如廁，大抵因爲是在親人面前，倒不感到害羞，只是對於有勞他們處理穢物感到有些歉意。

妹妹在第五天出院，母親與她一同返家，居家照顧。婆婆則在此時，來醫院陪伴我。

爲了避免感染，無法洗澡、不能洗頭，外子見我難耐，便用濕毛巾溫柔地爲我擦澡，婆婆見我不時搔頭，便用濕紙巾爲我拭髮。

窗外大雨綿密地落下，我坐在床緣面向窗景，婆婆正用濕紙巾仔細地爲我擦拭頭髮，外子坐在一旁椅子上看書，房內無人對答，只有電視傳出播報新聞的聲音。突然間，我心中湧動一股暖流，在這寂靜的病房中，滿溢著看似平淡卻和諧溫馨的家人情感。

出院後，母親愛女心切，堅持讓我待在娘家休養。回到家第一件事，便央求母親爲我洗頭。母親在浴室放了一把椅子，我靠著椅背，仰頭讓母親洗髮，傷口未癒的妹妹亦站在一旁，拿著毛巾隨時擦拭溢到胸前的水流，避免沾濕我腹部的傷口。這一場洗髮秀，足足費了半個多小時的功夫，母女三人又笑又親密的在澡間裡，愉悅地享受了天倫之樂。

住在醫院的期間，對我而言像是一個神秘的賦力空間，遠離平日的生活環境和模式，在那裡有醫護人員的積極醫療照護，有家人的體貼關懷，有規律的生活步調，有健康的飲食調配。經過數天的療治，經歷重大的身體改造，發生精神上的徹底宣泄，過去身體所承受的負擔、精神上所抑制的壓力，彷彿得到洗滌，得到了新的力量與希望。

選自《我們的一步一腳印》，臺南：國立成功大學，二〇一二年

3〈覺察〉／李崇建

◎閱讀引導

身體的疾病容易發現，心靈的困頓不易覺察。心靈的困頓可能轉為情緒表達出來，或沮喪、或悲傷、或憂鬱、或生氣、或無奈，然而人們卻經常以鼓勵的話語說：別難過、別生氣、打起精神、不要放棄。這種方式只是壓抑情緒、忽略當事人的處境。李崇建透過「覺察」的方式，自我關照也引導他人，以好奇的態度探索自己內在、也協助他人自我探索。這是一種需要體驗才能理解的方式，若能讓「覺察」的概念留在心中，挫折就會是引導我們看到生命價值的美好的禮物。

◎文本閱讀

挫折的長耳兔：

當你遇到挫折，或是被情緒困住的時候，我常邀請你閉上眼睛、靜心深呼吸，覺察卡住的原因，才不會被表象的事物蒙蔽。

一般人遇到挫折、衝突、憤怒的時候，最常出現的情況，是指責別人，或者指責自己。在懊悔和生氣的情緒中反覆，找不到出口，但若能靜心下來，反而是覺察自我的機會。

什麼是覺察呢？從字面來看，就是發覺、探索，乃至於察覺。

譬如你在寒冷的冬季散步，「發覺」公園裡的花開了，於是你很好奇，想要「探索」：為何冬天會有花開呢？當你靠近那棵樹，你「察到」這是一棵梅花。

我舉的例子，是覺察的過程。若要更深一層了解，還可以繼續探索：梅花為何在較冷的氣溫開花？因此，覺察的過程，不需批判，沒有指責，只是對內在情緒的一種好奇，以及探索。

有一個引導覺察的例子：

有一位十九歲的女孩，她得了憂鬱症、厭食症，體重下降到三十五公斤。她不想這樣，卻一直沒胃口，也常感到莫名憂傷。

約翰是我的老師，他和這個又瘦、又憂傷的女孩碰面了。

約翰是一位很好的聆聽者，談話的時候，帶著溫暖與力量。

約翰邀請女孩閉上眼睛，深深呼吸，和憂鬱相處，探索憂鬱裡存在什麼？不久，女孩的眼淚不斷、不斷的落下，陷入深深的憂傷。

發生什麼事呢？當女孩靜下心來，凝視憂鬱的時候，一個圖像逐漸浮上來。

一年前，疼愛女孩的奶奶，罹患絕症，家人卻隱瞞了奶奶的病情。被蒙在鼓裡的女孩，並不知情，以至於奶奶過世時，女孩不在奶奶身邊。

女孩一念及奶奶過世前的孤單，就感到無限憂傷。從此以後，女孩得了憂鬱症與厭食症。

約翰帶領女孩覺察，發現女孩的憂傷之中，存在著憤怒：生氣奶奶撒手人寰，生氣家人隱瞞事實。

女孩有一個無法滿足的期待：陪奶奶度過最後的生命旅程。

此外，女孩得了厭食症，體重僅有三十五公斤。女孩在層層探索之後，才覺察自己想和奶奶靠近。因爲奶奶過世前，正是瘦到三十五公斤，同樣三十五公斤的體重，竟是潛意識留住奶奶的方式。

這些內在引發的思緒，如層層蛛網纏繞，女孩走不出蛛網的迷宮，形成憂鬱的堡壘，而一般人較少審視憂鬱所帶來的深層訊息，女孩循著資訊往下探索，娓娓道來。

約翰帶著女孩，進行一趟內在的旅程，探索問題的來源，這是覺察的過程。

長耳兔，我再提一件透過覺察而促成的改變：

我的朋友珊妮，每到一個工作職場，都和女性主管處不好。

她總是抱怨：女主管最難相處。

聽了珊妮的抱怨，我很好奇，爲何特別是女主管，而不是男主管呢？

珊妮也說不上來，只要遇到女主管，她就充滿憤怒、害怕與委屈。

怎麼會這樣呢？我帶領她探索，從她的情緒進入。

不一會兒，她淚如泉湧，看到了一個圖像：媽媽的權威、指責、要求、不認同，在她的童年記憶隨處可見。珊妮現在提起來，都還會害怕、憤怒與難過。

長期以來，珊妮和母親的關係仍舊不好。

透過覺察，珊妮發現女主管的權威，在她等同於母親的權威。因此，女主管的詢問，她覺得是指責；女主管不同的意見，變成對她的不認同；女主管的要求，變成是刁難……

珊妮一碰到女主管，就會被媽媽的權威觸動，充滿憤怒與害怕。

怎麼辦呢？當覺察了這種形象上的連結。

「何不將女主管的形象，看成姊妹呢？」我提供她新的選擇。

珊妮和姊妹感情很好，將女主管和姊妹的形象連結，對她而言，是一個新的角度，奇妙的想法。

珊妮聽進去了，將女主管看成姊妹。

奇妙的事發生了，女主管很照顧她，她也減少很多恐懼。

珊妮後來含著淚光告訴我：「怎麼不早告訴我，可以看成是姊妹？」

長耳兔，你可以發現，透過覺察，世界因爲內在的轉變而轉變了。

然而，如何將覺察運用在自身呢？聽聽我的經驗：

六年前，我和同事張姊吵架、嘔氣了。爲什麼呢？因爲我需要協助，張姊卻拒絕了，她明明輕易就可以幫助我。

我很生氣，氣張姊不夠朋友；也氣自己，爲何要向她求援？除了生氣之外，還有難過，並且決定：不想和張姊當朋友了。

長耳兔，怎麼回事呢？被別人拒絕，爲何會有這些情緒呢？別人本來就有拒絕我的權利呀！我竟然像小孩一樣不成熟。

這幾年來，我養成一個習慣，當遇到挫折與情緒糾結的時候，便找一個安靜的地方，靜下心來，深深呼吸，覺察卡住的內在。

我發現，張姊的拒絕，竟然化成一根針，深深刺痛我的內在。

我很好奇，爲何會將張姊的「拒絕」，變成一根刺痛我的針呢？

隨後，我靜下心來探索，問自己：最早有這種感覺，是在什麼時候呢？

長耳兔，一個畫面出現了。

我看到了一個孤單的圖像，那是童年的阿建。

小阿建形單影隻，孤單的站在一個黑暗的甬道內，甬道盡處透著微弱的白光，母親背對著我，走向光源，逐漸離開我的視線。

當這一幕出現的時候，我的眼淚如雨落，感受到深深的孤單，以及被母親遺棄的感受。

母親早年就離開家，我一直很堅強，從不覺得自己被影響，那是我面對這個世界，讓自己生存的方式。

在那一刻，我理解阿建在童年的孤單，欣賞「他」的堅強，也告訴「他」：沒有「被遺棄」，那是母親自己的選擇，而阿建因此學得敏銳與負責。

那是一長串複雜的對話，在覺察的過程中不斷顯現，我釐清了那股情緒的源頭，不是張姊，而是自己久遠的過去。

最後，我去找張姊，分享我的覺察，覺得自己又成長了。張姊給我一個深深的擁抱，也分享了她對自己的覺察，那又是一個關於她父親的故事了。

一個挫折，卻讓我眞實面對自己內在，審視過去的陰影，而不鎖在誰是誰非的指責裡，或是認定事情「本來」就應該如此，這是很好的成長機會。

長耳兔，這是一封需要體驗才能理解的信，但我期望你將「覺察」的概念留在心中，挫折就會是一個美好的禮物，引領我們通往美麗的境界。

透過覺察了解阿建的　阿建

選自《給長耳兔的36封信》，臺北：寶瓶文化，二〇〇六年

單元書寫與引導

1. 疾病書寫

在罹患過的疾病中，哪一種症狀令你印象最爲深刻？是感冒的頭痛與發燒？是意外事故的骨肉外傷？是蛀牙或長智齒的幽幽抽痛？還是腹瀉絞痛的混身發顫？請鉅細靡遺地描述這些症狀所引發的感官感受，在書寫的過程中，仔細觀察自己的身體，並覺察自己的感受。

2. 國際疫情之我見

人類史上爆發過數次流行疫病，例如鼠疫、天花、霍亂等，皆造成無數人死亡，引發極度性的恐慌。二〇一九年新冠肺炎再次衝擊全人類，即便醫療體系建全的國家，亦難以防制病毒的肆虐。身處新型疫病的威脅，你在生理及心理上，有什麼覺察？在個人衛生方面，你落實了哪些習慣？當你看到周邊的人缺乏防疫觀念時，你有什麼感受及想法？疫情對你的生活及人際關係帶來什麼影響？你有關注到國際上的疫情發展或變化嗎？疫病對你的人生規劃有產生什麼啓發嗎？請透過五官感受、內心情緒及人際互動等方式，談談疫病的衝擊與學習。

延伸閱讀

1. 張濤志著：〈饕餮紋身〉，收錄於林文義主編《九十六年散文選》，臺北：九歌，二〇〇八年。
張濤志長年受乾癬所苦惱，該症會使皮膚新陳代謝加遽，一旦大面積蔓延後，會變得易餓，像得了貪食症，彷彿體內住進一頭饕餮。如何與疾病共存？作者於無奈中，道盡努力取得與疾病平衡共存的歷程。

2. 許悔之著：〈我一個人記住就好〉，收錄於《我一個人記住就好》，臺北：大田，一九九九年。
疾病不只爲患者造成苦痛，也爲陪伴者帶來痛苦。許悔之陪伴父親臨終前的日子，在安寧病房中面對易怒的父親，緩和父母之間的衝突；面對急救時的緊張時刻，安撫母親悽惶的情緒。當至親闔上雙眼，陪伴者如何面對內心鬱積的恐懼，許悔之在文中娓娓道來。

3. 袁瓊瓊著：〈普通人結弦的神話〉，收錄於黃麗群主編：《九歌一〇九年散文選》，臺北：九歌，二〇二一年。

文中作者以「一個普通人，按照普通的法則，便可以出人頭地」，描寫日本花式滑冰選手羽生結弦如何成就競賽生涯。羽生結衣的競賽生涯幾乎在傷病中完成，少年時期罹患氣喘，比賽時靠意志力完成；二〇一七年奧運比賽前三個月，右腳扭傷未癒仍上場比賽，竟然贏得金牌。其過人的毅力及專注的精神，使他在面對逆境時，皆能迎刃而解。

4.吳娮翎：《30歲的禮物：謝謝癌症，讓我更勇敢》。臺北：一起來出版，二〇一六年。

生活美學平台「oopsWu」創辦人吳娮翎，三十歲時發現自己罹患乳癌，從否認、抗拒，到面對、接受，不只將與疾病奮戰的歷程寫成文字，與人共勉；罹癌後，更積極拓展生活，嘗試更多挑戰，努力展現生命之美。

5.Stacey Kramer：〈我得過最好的禮物〉，TED Talk，二〇一一年。

Stacey Kramer是美國品牌策略公司Brandplay的共同創辦人。二〇〇九年她的腦中長了一顆高爾夫球大小的腫瘤，在驚慌、恐懼後，勇敢接受手術，並將病中的體悟分享給衆人。她說：「下次當你遇到某些意外、不情願和不確定的事，不妨這樣想，它或許只是一份禮物。」

6.彼得・維納執導：《叫我第一名》，電影，二〇〇八年。

劇情描述一位妥瑞症（Tourette syndrome）患者，如何克服學習困難，如願成爲一位教師。這是改編自美國布萊德・柯恩（Brad Cohen）的眞實經歷，他告訴自己「絕對不要讓任何事情阻礙你追求夢想」，且當他獲選爲當年度最佳新進教師時，在演講中將妥瑞症視爲「最好的朋友」也是「最好的老師」，並感謝這個疾病，讓他學會如何戰勝自己。

7.「疾病感覺地圖」：http://140.109.240.105:3000/

「疾病感覺地圖」爲中研院劉苑如團隊「滴水空明」研究室，所設立的專題研究學術網站，以「疾病事件」與「疾病地圖」爲架構，呈現魏晉南北朝小說與歷代僧傳中的疾病敘述，探索中國古代文學與文化中疾病的諸相。雖爲學術網站，然內容平淺易懂，透過視覺化的圖表和地圖，從病患、疾病陪伴者、醫療者乃至社會等面向，闡釋疾病的意義。

第7單元

題目：

系

學號：

姓名：

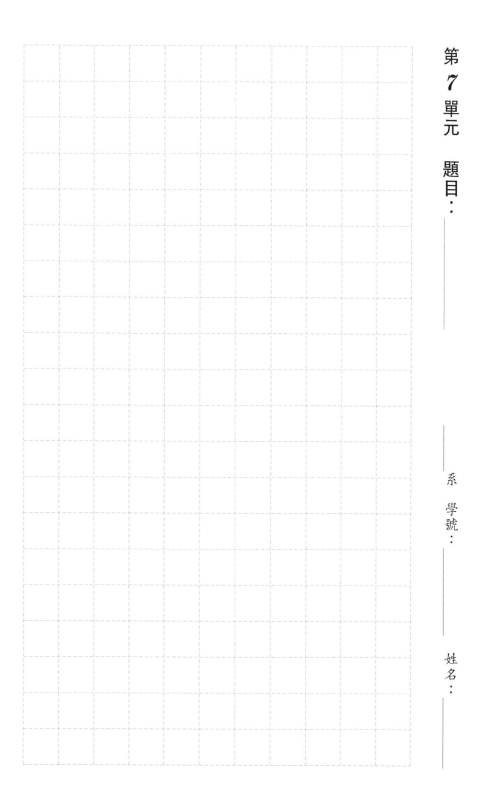

8

死生契闊

李宗定撰稿

主題

在死生的省思中，覺察生命的意義。

學習目標

一、自我覺察

死亡，是所有人無可逃於天地間之事，唯芸芸衆生多避談死亡，忌諱死亡。一般人對死亡產生恐懼與不安，瀕死的人，更可能面臨肉體的痛苦、心理的孤獨，以及對親人的掛念。隨著年齡增長，死亡成爲日常功課，從親人、朋友，乃至社會群體，最終將是自己。與其爲死亡的降臨不知所措，正視與討論死亡，方能做好準備。

二、生命情感

探索死亡，不僅是認識死亡，更能反省生命。死亡與生命乃一體兩面之事，每個人一出生，就開始一步步走向死亡。然而死亡不是終點，而是省思生命意義的機會；生命的意義在於面對死亡時能坦然無愧。我們開始對死亡有所感觸，多半來自週遭的人因死亡而離去。親人的離世，令人感傷，尤其是相伴多年的人，感情愈深，傷痛愈重，往往刻骨銘心，難以復原。學習面對親友的逝去，才能使我們成長。

三、創造力

本單元從不同角度審視死亡，在字裡行間，同情共感，於思索生命意義的歷程中，將哀傷轉化爲生之力量。本單元透過死亡議題的思索，引導同學書寫「預立遺囑」，以及「給亡者的一封信」，審視人生，創造屬於自己的生命價值。

文本閱讀與引導

1〈遣悲懷〉／元稹

◎閱讀引導

本單元取名「死生契闊」，典出《詩經・邶風・擊鼓》，原文爲：「死生契闊，與子成說；執子之手，與子偕老。」原詩指戰場上的戰友，但後世引申爲相愛的兩個人，不論生死離合，已立下誓約，將攜手對方，直到終老。死亡，是最遙遠的距離，天人永隔，再難相見。故以死爲誓，只求同生共死。

倘若愛人先走，往往令生者痛苦難受。唐朝詩人元稹，哀傷妻子韋叢去世，夫妻情緣只得七年，寫下〈遣悲懷〉三首。第一首追憶過往艱難，妻子體貼關懷，正當生活有所轉機，卻撒手離去。第二首詩承之，描寫亡妻身後，物是人非，傷痛更甚。第三首詩因妻子早逝而慨歎人生短暫，但轉念一想，所有的哀傷，皆喚不回逝去的生命，但卻不能因此停止感傷，反而終夜不能寐，哀痛至極。元稹此詩，情意眞切。可參照蘇軾〈江城子〉，同是傷妻之作，生死異途，午夜夢迴之時，最難自己。

◎文本閱讀

謝公最小偏憐女，自嫁黔婁百事乖。顧我無衣搜藎篋，泥他沽酒拔金釵。
野蔬充膳甘長藿，落葉添薪仰古槐。今日俸錢過十萬，與君營奠復營齋。
昔日戲言身後事，今朝都到眼前來。衣裳已施行看盡，針線猶存未忍開。
尚想舊情憐婢僕，也曾因夢送錢財。誠知此恨人人有，貧賤夫妻百事哀。
閑坐悲君亦自悲，百年都是幾多時。鄧攸無子尋知命，潘岳悼亡猶費詞。
同穴窅冥何所望，他生緣會更難期。惟將終夜長開眼，報答平生未展眉。

選自《元稹集》

2〈祭妹文〉／袁枚

◎閱讀引導

傳統文化重喪祭之禮，蓋死生事大，慎終追遠，尤其社稷象徵政權的正統，祭天地尤爲重要。然而，對一般人而言，親人的過世，更是切身感受。古時祭文傳達對死者的追思，表現生者的哀痛。祭文並帶有傳紀性質，雖記亡者，也有生者的回憶。

清初詩人袁枚詩文俱佳，爲文壇所宗。其〈祭妹文〉情意深摯，哀傷之情溢於言表。其妹袁素文才高，知書達禮，然婚姻不順，所遇非人。袁枚傷其遭遇，甚至歸咎於從己讀書，致使堅守禮教而遭損。生者罪己以示悔意，更襯托對亡者的不捨。文中回憶兒時，記其成長，雖爲生活瑣事，更增深切情感。

◎文本閱讀

乾隆丁亥冬，葬三妹素文於上元之羊山，而奠以文曰：

嗚呼！汝生於浙而葬於斯，離吾鄉七百里矣；當時雖觭夢幻想，寧知此爲歸骨所耶！汝以一念之貞，遇人仳離，致孤危託落；雖命之所存，天實爲之；然而累汝至此者，未嘗非予之過也。予幼從先生受經，汝差肩而坐，愛聽古人節義事，一旦長成，遽躬蹈之。嗚呼！使汝不識詩書，或未必艱貞若是。

余捉蟋蟀，汝奮臂出其間；歲寒蟲僵，同臨其穴。今予殮汝葬汝，而當日之情形憬然赴目。予九歲，憩書齋，汝梳雙髻，披單縑來，溫《緇衣》一章。適先生奓戶入，聞兩童子音琅琅然，不覺莞爾，連呼「則則」：此七月望日事也，汝在九原，當分明記之。予弱冠粵行，汝掎裳悲慟。逾三年，予披宮錦還家，汝從東廂扶案出，一家瞠視而笑，不記語從何起；大概說長安登科，函使報信遲早云爾。凡此瑣瑣，雖爲陳跡，然我一日未死，則一日不能忘。舊事填膺，思之淒梗，如影歷歷，逼取便逝。悔當時不將嫛婗情狀，羅縷紀存；然而汝已不在人間，則雖年光倒流，兒時可再，而亦無與爲證印者矣。

汝之義絕高氏而歸也：堂上阿嬭，仗汝扶持；家中文墨，眣汝辦治。嘗謂女流中最少明經義、諳雅故者；汝嫂非不婉嫕，而於此微缺然。故自汝歸後，雖爲汝悲，實爲予喜。予又長汝四歲，或人間長者先亡，可將身後託汝；而不謂汝之先予以去也。

前年予病，汝終宵刺探，減一分則喜，增一分則憂。後雖小差，猶尚殗殜，無所娛遣。汝來床前，爲說稗官野史可喜可愕之事，聊資一懽。嗚呼！吾將再病，教從何處呼汝耶！

汝之疾也，予信醫言無害，遠弔揚州。汝又慮戚吾心，阻人走報。及至緜惙已極，阿嬭問：「望兄歸否？」強應曰：「諾。」已予先一日夢汝來訣，心知不祥，飛舟渡江。果予以未時還家，而汝以辰時氣絕，四支猶溫，一目未瞑，蓋猶忍死待予也。嗚呼痛哉！早知訣汝，則予豈肯遠遊；即遊，亦尚有幾許心中言，要汝知聞，共汝籌畫也。而今已矣！除吾死外，當無見期。吾又不知何日死，可以見汝；而死後之有知無知，與得見不得見，又卒難明也。然則抱此無涯之憾，天乎，人乎，而竟已乎！

汝之詩，吾已付梓；汝之女，吾已代嫁；汝之生平，吾已作傳；惟汝之窀穸，尚未謀耳。先塋在杭，江廣河深，勢難歸葬，故請母命而寧汝於斯，便祭掃也。其旁葬汝女阿印，其下兩冢，一爲阿爺侍者朱氏，一爲阿兄侍者陶氏。羊山曠渺，南望原隰，西望棲霞，風雨晨昏，羈魂有伴，當不孤寂。所憐者，吾自戊寅年讀汝哭姪詩後，至今無男，兩女牙牙，生汝死後，纔周睟耳。予雖親在，未敢言老，而齒危髮禿，暗裡自知。知在人間，尚復幾日！阿品遠官河南，亦無子女，九族無可繼者。汝死我葬，吾死誰埋，汝倘有靈，可能告我？

嗚呼！身前既不可想，身後又不可知，哭汝既不聞汝言，奠汝又不見汝食。紙灰飛揚，朔風野大。阿兄歸矣，猶屢屢回頭望汝也。嗚呼哀哉！嗚呼哀哉！

選自《小倉山房文集》卷十四

3〈老伴兒走了〉／簡媜

◎閱讀引導

生老病死，人所必經。然而向亡者祭悼，皆是生者對亡者的追思。亡者固然永隔，生者如何繼續人生？更何況是共同生活多年的另一半。老年喪偶，其哀傷與苦痛，或許更勝其他。生活常流於習慣，習以為常對老年而言，是穩定活著的力量，一但失去長年相伴之人，往往措手不及。不論是夫妻，或為人子女，都應思索準備。

◎文本閱讀

卞之琳譯、法國作家馬拉梅〈秋天的哀怨〉：「自從瑪麗亞丟下了我，去別一個星球，我長抱孤寂之感了。……因為自從那人兒不再了，真算是又稀奇又古怪，我愛上了的種種，皆可一言以蔽之曰：哀落。所以，一年之中，我偏好的季節，是盛夏已闌，清秋將至的日子；一日之中，我散步的時間，是太陽快下去了，依依不捨的把黃銅色的光線照在灰牆上，把紅銅色的照在瓦片上的一刻兒。對於文藝也一樣，我靈魂所求、快慰所寄的作品，自然是在羅馬末日凋零的詩篇了。」

伴隨自己走過青年、壯年、中年、老年的另一半走了，像房子拆去半間，身體癱了半邊。老伴兒，人際關係中最神祕的一個辭，通常來自婚姻，但不是所有的婚姻都能修成老伴兒，多的是老冤家。年輕時絕對不能理解老伴兒有什麼必要，老了才知道那代表一種絕對信任的依靠。

老伴兒走了，活著的那一個可能在子女的安排下換個環境以釋傷懷，也可能不忍離去守在舊居。《老人與海》，老頭子想起與小伙子釣過的一對馬林魚；雄魚總是讓雌魚先吃，雌魚上鉤之後，驚慌地拚命掙扎，雄魚始終陪著她，橫過釣繩，陪她在水面轉圈子。老頭子用棒子敲死雌魚，把她拉上船，雄魚仍然流連不去，在船邊跳得半天高，要看看雌魚在什麼地方，接著深深潛入水裡，一直留在船邊。「我看過魚類的事情，就數這一件最叫人傷心。」

元好問聽獵人說，捕獲大雁，殺之，那脫網而逃的雁兒，不忍離去，悲鳴徘徊，自絕而亡。元好問買下那隻殉情的雁，埋雁爲丘，作〈雁丘詞〉：「問世間情是何物，直教人生死相許。……」

屋子空了，彷彿全世界沒人要的空白都堆到這屋子般。令人窒息的空白，但失偶的人就像那條雄魚那隻孤雁，觸景固然傷情，卻感覺得到聲息氣味，流連不忍去。

電影《白狗的最後華爾滋》（To Dance With The White Dog），喪偶的老先生山姆，早晨起來看到窗外太太種的玫瑰花，綻放一片，自語：「好美的早晨，我想妳！」他要用獨特的方式重新整理他與老伴兒的一生。他冒險長途開車，重回五十七年前向妻子求婚的池塘邊。池中蓮花盛放，草地上開遍花朵，空中傳來啁啾的鳥鳴，他沉浸在甜蜜的回憶中，彷彿對跟隨在他身邊的妻子亡靈說：「那是我人生中最美好的一天。」

這樣的深情也在蘇東坡的〈江城子〉顯現：

十年生死兩茫茫，不思量，自難忘。千里孤墳，無處話淒涼。縱使相逢應不識，塵滿面，鬢如霜。

夜來幽夢忽還鄉，小軒窗，正梳妝。相顧無言，惟有淚千行。料得年年腸斷處，明月夜，短松岡。

東坡十八歲時娶十五歲的王弗為妻，夫妻緣分只有十一年，王弗於二十六歲夭亡，是個正當風姿綽約的少婦。依俗例，東坡再娶，但未曾淡忘亡妻的身影。東坡仕途坎坷，謫路飄蕩，即使想起亡妻，也不免感慨自己一身旅塵，兩鬢如霜，若天上人間能相逢，恐怕道塗相遇，亡妻已認不得自己了啊！王弗逝世十年後，正月某一夜，東坡夢見自己回到家鄉，年輕美麗的王弗正在窗邊梳妝，人物情景依舊，但夢中的妻子與他似乎都是返回者，好似各從一陰一陽的世界偷偷返回昔日閨房，所以兩人相對，看著摯愛的臉龐卻說不出話，只是一徑兒地流淚。夢醒後，東坡寫了這闋深情徘徊、幽思輾轉的悼亡詞，千百年後讀來，依然眼濕。東坡把妻子葬在離父母墓不遠處，他在山坡上種了萬株松苗，十年時間，應是長成短松了。

如果夫妻鶼鰈情深，從年輕相知相伴走到鎏銀時光，還能低唱：「親愛我已漸年老，白髮如霜銀光耀」，還能說出：「唯你永是我愛人，永遠美麗又溫存。」那麼，當另一半離去，獨活的人更有被棄的孤單之感。

老年喪偶，也是一堂重擊之課。

由於女性的平均壽命高過男性，八十歲以後喪偶的苦澀滋味，成了年長女性最割喉的一杯酒。一位老奶奶於八十四歲喪偶，三四年來仍無法走出傷懷，常因思念丈夫而哭，孩子把照片都收起來。

也是老奶奶，今年靠近九十，老伴走後，一人獨居，常對著丈夫的照片說話。

黃昏的公園是交換資深人生滋味的處所，失去老伴的人不怕被知道，因爲，在這裡遇得到同病相憐的人，說出的話他們聽得懂。一位五年前喪偶的老人家，跟同樣遭遇的人說起老伴，仍會流下老淚。三年四年五年，對失去老伴的人似乎沒什麼不同。時間過於緩慢，生活裡沒有新事件，更容易陷入傷感的漩渦。

老人家在喪偶之後，常會有被掏空的刺痛感，伴隨著被遺棄、被欺瞞、被處罰的強烈感受。使得理智薄弱，只像一層薄膜，底下是滾沸的人生湯頭，翻騰著掏空、遺棄、欺瞞、處罰這四顆丸子，日日夜夜嚼著，偏偏嚼不爛、咽不下，吐出來，四顆丸子變八顆，八顆變十六顆，「爲什麼那麼早走？」「爲什麼身體這樣壞下去？」「爲什麼生這種病？」「他活一天，我快樂一天！」一連串爲什麼，適合三四十歲喪偶的人來問，但不適合結縭五六十年、八九十歲喪偶的老夫或老妻來問。

照說，老夫老妻擁有充裕的時間，應該談論過先走後走的死生大事。但往往是過於依恃數十年不變的生活模式而逃避著，或是基於禁忌不敢談論這必定到來的分離，以致生離死別之後，喪偶的心理復健過程太長，長到變成屋簷下的負擔。

每晚，下了班一身疲憊的兒女聽老人家說話、遣悲懷，滔滔不絕兩個鐘頭，夾雜唉聲嘆氣，幾句「沒辦法」、「早知道」，幾句「不聽我勸」、「太苦太苦了」，串連出一世夫妻末段路的病苦內容，「你爸爸太痛苦太痛苦了！」「那個病把他折磨得不成人形啊，我捨不得啊！」於是，老淚從扭曲的臉上流出，像扭手帕一樣扭出一攤水，做兒女的擁肩拍背，握她的手，遞面紙，勸她：「身體要緊，堅強一點，爸爸去好地方了，沒有病痛了，你這樣哭，他會放心不下的！」

「是啊，」老人家的情緒稍緩，理智復位，「想通了，這個病治不好，早點解脫也好！」

做兒女的端杯溫水讓她潤一潤喉，刻意把話題轉到小孩身上，叛逆啦功課啦愛玩啦，想用孫兒逗她開心，不知怎的，憶起當年也是叛逆啦功課啦愛玩啦相關情節，老人家跌進去了：「你當年說那種話，你爸爸一句話都沒罵你，他對我講，孩子上學也是辛苦的，不要罵他！」話匣一開，又看見當年老伴的音容，覺知老伴如此之好，勝過其他男人，老淚又湧出來了。這一哭，用掉半包衛生紙，好不容易養出一刻鐘的平穩心情，小芽苞一般，又被摧毀了。做兒女的，嘆了一口氣，他不是不想爸，不是不知道爸爸對這個家的付出，但他必須推著工作與家庭的石磨，做不到每晚兩個鐘頭陪老媽媽浸在無止境的悲懷裡。

那麼，在我們必修的老年學習課程上，是不是應該加上一堂「喪偶課」！

白首偕老的「喪偶課」，內容較艱深，唸著唸著，唸到夫妻本是比翼鳥、連理枝這一章，很多老人家輟學，找老伴去了。這是無法解釋的生命共同體的愛，一個走了，另一個留不久。

這麼說來，一輩子吵吵鬧鬧的婚姻，到晚年上「喪偶課」似乎容易些。也不盡然。恨不得買一張登仙列車商務艙，讓那越來越胡鬧的老冤家早日上車的，聽過，畢竟是少數。多的是愛恨摻半，刀子嘴豆腐心。蛋糕掉到地上，沾了草屑碎石，還是個蛋糕，雖然嚼得鏗鏗鏘鏘，甜味還是有的。這堂「喪偶課」，修起來也不容易。

電影《妻別五日》（Nora's Will），諾拉與丈夫荷西早在二十年前即離婚了，但兩人卻以奇特的方式繼續相互關心。他們住在面對面的兩棟大樓裡，諾拉不時以望遠鏡窺視荷西。年輕時，諾拉頗有精神困擾，曾多次自殺。到了晚年，獨居的諾拉在自我了結之前，做了一番精心安排；鋪上宛如婚紗的白色蕾花桌巾，擺好整套宴客的瓷花餐具，如同布置一場期待已久的盛宴。冰箱裡，一盒盒食材貼上便利貼，讓廚子料理她開出的佳餚。在諾拉的安排中，荷西成為第一個發現她自殺的人。她要他幫她辦理一切後事，他是她所託付的人，如同當年婚約。但這位既不是喪偶也不是不喪偶的男人，卻在這場諾拉的遺願中有了新的發現與整理。愛與不愛，忠貞與背叛，漠視與關切，誰能分得清呢？婚姻裡的愛恨情仇並不因離了婚而終止，反而有了自己的主見般繼續延伸，直到死神來了，那糾纏也還是糾纏。

換個角度看，諾拉是幸運的，那些先走一步的人也是幸運的，有老伴可以託付，為他送行。

但是，留下來的人卻困在未完的時間裡。老伴走了之後，日子必須繼續，但已遠遠不同於以往。

一扇門永遠關上了。

選自《誰在銀閃閃的地方，等你》，臺北：印刻，二〇一三年

4〈參悟・高野山〉／李宗定

◎閱讀引導

平時生者不入墓園，生與死似乎無形界線。日本高野山奧之院是個靈場，埋骨於此者衆多。本文藉遊記的形式，進入生死議題的省思。因此地的佛教文化，復以日本歷史人物參照，更顯人生無常。世人於生時爭強好勝，死後俱爲黃土。佛教引導人們放下執念，捨棄執著，以解脫衆生之苦爲宏願。個人名利，於十方三世，皆無足掛齒。

◎文本閱讀

很難用言語描述這裡。進入高野山奧之院，無需任何導覽，也不必多做介紹。參天古木與廿萬墓塚，森然羅列，再聒噪的觀光客也會安靜下來，不敢破壞這亙古的寂寥。不只因爲這裡是日本最大的墓園，更因弘法大師在此圓寂，卻發願不入滅，此大誓願籠罩整座高野山，任誰到來，都會感動。

很難想像，一位僧人的影響能如此之大。弘法大師是佛教傳入日本最重要的先驅者，一千兩百年前的平安時期，他渡海至中國學習佛法，並承傳密宗爲唐密八祖，返日創立眞言宗。弘法大師與高野山的因緣，相傳大師在中國學成，遙望日本，尋思歸日傳法，不知將於何處，此時東方乍現祥雲，大師將手中金鋼杵一扔，頓時飛入雲中。返日後，紀州伊都郡高野山的山神兩度化身託夢，金剛杵落在高野山。弘法大師尋訪至此，崇山峻嶺間，竟如八瓣蓮花圍繞，同時發現他的金剛杵，居然夾在一棵松樹上，便決定以高野山作爲眞言密教的根本道場。當時金鋼杵所在的松樹遺跡，至今仍然留存。

傳說歸傳說，唯弘法大師受密宗灌頂法名遍照金剛，又傳金剛界純密，兼之金鋼杵是密宗重要法器，象徵如來金剛智慧，能破除愚痴妄想與外道諸魔障礙，所以今日高野山多販售金鋼杵外形之御守及紀念品。觀光客或許不了解箇中緣由，也不明白金鋼杵的功用，但藉由金剛杵的法力，高野山的佛教氛圍卻因此更爲濃厚。

高野山名列旅遊網站Trip Advisor外國人票選二〇一四年日本人氣景點第六名，莊嚴肅穆。悠遠的歷史，名列聯合國世界遺產，充滿佛教精神的氣息，吸引全世界的觀光客。弘法大師於此宣教後的數百年間，出現許多寺廟，爲了接待來自各地的僧侶與信衆，發展出類似臺灣廟宇的香客大樓，但這些「宿坊」皆爲日式古典建築，素樸古雅。時至今日，高野山地區最著名的住宿型態，就是在寺院的「宿坊」度過一宿，食用名爲「精進料理」的素齋，同時參與僧侶的早課，一起唸經、打坐，淨化身心。也許臺灣遊客對佛教並不陌生，早課誦念的也是熟悉的《波若波羅蜜多心經》，所以對高野山較無新鮮感，但是對歐美觀光客來說，這樣的旅遊方式充滿異國情調，也能了解日本佛教，無怪乎此處多見歐美觀光客身影。

就因爲濃厚的佛教氣氛，走進高野山奧之院參道，兩旁林立的墓塚與供養塔，並沒有陰森鬼氣，反倒能引發生死輪迴的思索。相傳高野山是大日如來顯化之地，又因奧之院是弘法大師入定的御廟，這也是爲什麼從戰國至今，許許多多的大名、武將選擇埋身於此。另外還有在戰爭中的陣亡將士，或是重大天災死去的亡靈，也都葬在這兒，甚至一些日本大企業，爲殉職員工設立了慰靈碑。這麼多的亡者安葬於此，無非希望親近弘法大師，洗滌身前罪孽，能與大師同登淨土。久而久之，奧之院便成爲日本最大的靈場。

葬在奧之院最著名的歷史人物之一，大概就是織田信長。作爲日本安土桃山初期勢力最強大的戰國大名，他的一生，成爲傳奇，他的死亡，更成爲一則傳說。織田信長歷經爭戰，終將統一天下，然而，在最後關頭，竟遭部將明智光秀叛變，在本能寺切腹自殺。由於遺體可能毀於大火，因此各種傳說並出，亦有未死之臆測。今日織田信長的墓所、祠廟與供養塔有二十幾處之多，一般據信京都阿彌陀寺與大德寺總見院應是其埋骨之所。高野山的信長墓，雖可能是衣冠塚，卻是後世尋訪信長歷史的重要遺蹟。長滿青苔的五輪塔，訴說著歷史的斑駁，曾經叱吒風雲的墓主，只剩這一方天地供後人憑弔。

諷刺的是，當年叛將明智光秀，其衣冠塚就在不遠處。相傳明智光秀於本能寺之變後，不久即兵敗被殺。這個著名歷史事件的兩個主角，都靜靜地安息於高野山，信長當年被部屬叛變而身亡的遺憾與仇恨，應該在高野山佛教寬容的氣氛下，早就輕輕放下了吧！千年後站在兩人墓前憑弔，剎時體會功名虛幻，國仇家恨也是轉眼成空。人生在世，所求爲何？

值得一提的是，相傳織田信長當年爲了肅清政敵，對佛教展開報復性攻擊，發兵攻打佛教聖地天臺宗比叡山，火燒延曆寺，斬殺僧眾三千人；也曾逮捕屠殺高野山數百僧人，並攻擊其他佛教宗派，甚至爲消遣武田信玄而自稱「第六天魔王」。如此與佛教爲敵，其身後之墓塚，又盡皆於佛寺或與佛教有關。除了佛教在日本有廣大的信眾，影響深遠，佛陀慈悲寬恕世人的胸懷，或許也是重要原因。

從一之橋漫步奧之院參道，無數的墓塚和古木，構成獨特的視覺風景。不論這些墓主生前如何不可一世，或富可敵國，或名留青史，所有一切的一切，都在寂靜的森林中回歸平淡。在佛陀眼中，眾生平等。

選自《寫給未來的你》，臺北：城邦印書館，二〇一八年

5〈第一書〉／邱妙津

◎閱讀引導

作者英年早逝，使這本自傳性質的小說，更顯深刻。寫作當時，同性戀承受著世俗極大的壓力。今日兩性雖已有些平衡，但回顧文中主角的痛苦掙扎，仍可以感受穿越時空的巨大悲傷。讀者可藉以反思在性別議題中的情感愛欲，該如何與社會對話，再深入生命的自我意義與價值。

◎文本閱讀

四月二十七日

絮：

時間是一九九五年四月二十七日凌晨三點，你在台灣的早晨九點，兔兔死於二十六日午夜十二點，距離牠死後二十七個小時。牠還沒下葬，牠和牠的小箱子還停留在我的房間陪我。因我聽你的囑咐不把牠葬入塞納河，要爲牠尋找一個小墳墓。我還沒找到合適地點。

二十七個小時裡，我僅是躺在床上，宛如陪同兔兔又死過一次。我把自己關在房間裡盡情地想你，想兔兔。一個多月來，除了怨恨和創傷之外，我並沒辦法這樣想你、需要你、欲望你，因爲那痛苦更大。這之間，我也沒辦法如同過去那樣用文字對你傾訴，因爲我說過寫給你的信是一種強烈的愛欲……

下定決心，不要任兔兔就這麼白死，要賦予牠的死以意義，否則我走不過牠的死亡，我接受不了，沒辦法繼續生活下去。我告訴自己，或是爲牠寫一本書，並且不再繼續對你訴說，將愛就此緘封起來；或是爲牠再繼續愛你，無條件愛你，爲你再寫一套和那年年底完全對稱的奔放書信，炙熱的愛之文字。

一口氣寫好三十個信封，是這個月先要寫給你的信。我要再像那年年底那般專注地爲你創作。

我羨慕你，羨慕你能得到一顆美麗心靈全部的愛，且這愛是還會成長，還會自我調整，歷經劫難還會自己再回來，還是活生生，還會再孕育生產新東西的愛。

請不要覺得負擔重。我只是還有東西要給你，且是給，只能給了。蜜汁還沒被榨乾，一切的傷害也還沒完全斬斷我牽在你身上的線，所以我又回到你身邊專心爲你唱歌。雖然那線已經被你斬得幾近要斷，如一縷游絲般掛在那裡，且不知什麼時候你要再下毒手將它砍絕，但在那之前，我要攀著它盡情地歌唱。

絮，換我來做一條水牛吧，你曾經爲我做過那麼久的水牛，你說做水牛是幸福的。我只求你不要再只做只說那些負向的事，把水牛弄得疼痛地逃跑，好嗎？有我願意爲你做水牛，你就讓牠有個位置待在那裡，舒服地待在那裡，好嗎？任你再怎麼狠心，一條你愛也愛你進入第三年的水牛，你忍心把牠趕跑，要牠再也不出現，不存在嗎？這條老水牛眞的不值得你眷顧、在乎嗎？我已經這樣發了瘋地愛著你三年，我已經這樣完完全全地給予你，徹徹底底地愛著你三年了，且如今我還整整零亂的腳步與毛髮，準備再回到你身邊繼續這樣地愛著你。這樣的一條老牛眞的是路上的任何一條牛嗎？你告訴我，這樣一條經過考驗的牛，你一直養著牠，餵牠一點糧草吃，牠以後眞的生不出來你要的那種生活、人生或愛情嗎？

我這個階段，自己經受著的，看著他人的，都是長久且不斷歷經風吹雨打的愛情，這才是我要支撐、才是我不計一切代價要去給予、付出、灌溉的。禁得起考驗的才算是眞愛，我渴望著褪去風霜還能手牽手站在一起的兩個人；我渴望著不斷不斷付出而又經受著歲月的淘洗、琢磨而還活著的愛。絮，我已經不年輕、不輕浮、不躁動、不孩子氣了，我所渴望的是爲你做一條永遠深情且堅固的水牛，做一條能眞正愛到你又能眞正讓你的人生有依靠的水牛。如今我對這樣一條水牛有非常具體的想像力，我會做給你看，讓你明白我愛你的潛力有多大，我發誓要長成一條可以讓你依靠的水牛給你看。我知道那是什麼樣子的。

「兩情若是久長，又豈在朝朝暮暮」，過去我很愛的兩句話，如今眞的我自己也有機會用到了。九二年到九五年間我已成長不少，我已經又領悟且實踐了更多愛情的道理了，不是嗎？但我還是同一顆炙熱的心，絮，你不知道縱使你的人再如何離開我去愛別人，你的身體再被如何多人所擁有，我都不在乎這些。我也明白，我並沒有辦法因爲這些遠走、背叛而不愛你，你之於我還是一樣，不會有改變的。這是我要告訴你最重要的話，也是一個月來我所走過最深的試煉，我痛苦，可是我走過來了，我的愛還在，且更深邃，更內斂也將更奔放了。

也因如此，我才能繼續對你開放，給你寫這樣的信，你明白嗎？你對我的種種不愛與背叛，無論程度如何，都不會阻止我對你的愛，也不會構成我們面對面時的痛苦或阻斷。過去我說不出這樣的話語，這些話是我今天才說得出口的。因爲兔兔的死，把我帶到一個很深的點，使我明白我有多需要去愛你，也使我明白我可以多愛你。

今生，若有機會再見到你，並不會因爲你已如何如何地不屬於我，或是你結婚生子去了，而使我之於你的熱情受到什麼影響，你永遠都是那個我見到她會跪下來吻她全身，欲望她全部的人。但若你一直都不要我這個人，我或許會去跟別人生活在一起；我有一個很強烈的愛的靈魂，也在身體欲望熾烈的盛年，如果你要我，我可以繼續爲你守貞，忍耐我身體的欲望，在任何你願意給我的時候被滿足；但若你不要我，你不用說我也會知道的，我會讓我的身體和生活去要別的人，並且去發展一份健全而完整的成年生活，去享受更多也創造更多。然而我的靈魂，她打算一直屬於你，她打算一直愛你，一直跟你說話。如果未來我的靈肉不能合一，不能在同一個人身上安放我靈與肉的欲望，那也是我的悲劇，我已準備好繼續活著就要承擔這樣的悲劇了，但是兩者我都不會放棄，兩者我都要如我所能我願地去享受去創造。

你問我什麼是「獻身」？「獻身」就是把我的靈與肉都交給你，都安置在你身上，並且欲望著你的靈與肉。你又問我爲什麼是你，不是別人？因爲我並不曾那麼徹徹底底地把自己的靈魂與身體給予一個人，我也不曾那麼徹徹底底地欲望著一個人的靈魂與身體。

是體驗的問題。我或許能與其他許多人相愛，無論身體或靈魂的，但我知道程度都不及我與你深而徹底，我無法像渴望身心屬於你般地渴望於別人，我也沒有像渴望你的身心般去渴望另一個人。沒有的，是程度的問題，程度都及不上你之於我的。這些你都知道嗎？所以是你，就是你，不會再有別人在我身體與靈魂的最深處。儘管你已不要我、不愛我、不屬於我了，但我還是要大聲告訴你，我們所曾經相愛、相屬、相給予，我們彼此所開放的，所曾經達到的靈魂與身體的溝通，是不再有人能取代的。我要告訴你，你是接受Zoë的身體及靈魂最多的一個人，你也是曾經愛過懂過最多我的身體及靈魂的，就是因爲你是唯一一個這樣愛過我、接納我、了解我歌聲的人，所以Zoë到了你的手上，才算是眞正徹底地燃燒起來……我怎能不愛你呢？也因這樣，在你要拋下我，我不能再繼續爲你燃燒時，我的生命才會有那麼大的痛苦與暴亂啊！你已宣判我是不能與你同行的一個人，其他人或許會進駐我的人生，或許可以比現在的你給我更多，了解我更多，但是，我要一直告訴你，你所曾經給過我的，你所曾經和我溝通、相愛過的深度，是無人可比，也是空前絕後的。是因爲這樣，所以儘管絕望，沒有回報，我還是要盡我所能用我的靈魂愛你。

Tu es le mien, Je suis le tien.

永遠，你是我的，我也是你的，沒有人搶得走你，也沒有人搶得走我。

你說現在像是走在沙漠裡，我感覺到你並沒有完全對我痲木、無感、無情，只要我還能感覺到你對我還有一絲接受力，那對我而言就是最重要的，我就還能告訴自己說我可以給予你。

不知道我還有那本事沒有，我捨不得你走在沙漠裡，我要給你一小塊堅實的地可以踏著，起碼是遠處一小方綠洲可以眺望著，不要讓你在現實裡再飄蕩，在精神裡再奔逃。都是我的錯！我沒有把握，但是讓我再以我的生命爲基礎，用我的文字建這一小方地，看看，能不能再給你一個中心，好嗎？

選自《蒙馬特遺書》，臺北：聯合文學，一九九六年

單元書寫與引導

1. 預立遺囑

本單元藉由文章和影像，讓同學想像生命走到盡頭時的情形。爲了有更切身的感受，將引導同學書寫「遺囑」。藉由預立遺囑，思考有哪些未完之事，有哪些要交待生者。交待身後事，即是提醒自己生命有限，應該努力即時完成願望，以免遺憾而死。而遺囑書寫所交待的對象，更是提醒我們應當在活著的時候，好好珍惜親友關係。

2. 給亡者的一封信

不論同學是否有親友過世，以應用文書信的方式，寫給一個已經去世的對象，此對象可以擴大爲古人、名人或未來的人。這個書寫練習，是讓同學以生者的身分，對亡者說話，可議可敘可抒情。不論是寫給親人

或公衆人物，都可促使同學思考，活著的人是怎麼看待已去世的人，進而反省生時該做些什麼，死後才無所愧。

延伸閱讀（文字和影像）

1. 周大觀著：〈活下去〉、〈窗外〉，收錄於《我還有一隻腳》，臺北：遠流，一九九七年。
周大觀年僅十歲，即因惡性横紋肌癌過世。發病治療其間，每天寫日記，以詩文記錄病中感受，藉由一首首詩篇，感動無數人，喚醒大家尊重生命，鼓舞人們活下去的勇氣。
2. 陳義芝著：〈爲了下一次的重逢〉，收錄於《爲了下一次的重逢》，臺北：九歌，二〇〇六年。
作者之子死於遙遠異鄉的一次意外，三年後提筆追憶，看似寫滿友人的安慰而釋懷，然而其傷痛實則與時積累，至大至極。世人皆難捨親人過世，然白髮人送黑髮人更令人難忍。
3. 白先勇著：〈樹猶如此〉，收錄於《樹猶如此》，臺北：聯合文學，二〇〇二年。
白先勇以此文祭悼亡友王國祥，記錄兩人從高中至成年，從臺灣到美國一路相伴的過程。文章書寫好友罹病求醫，最後不治身亡的故事，看似內斂的筆觸，卻隱藏深厚情感，令人動容。
4. 劉梓潔著：〈父後七日〉，收錄於《父後七日》，臺北：寶瓶文化，二〇一〇年。
作者面對父親去世七日裡的殯葬儀式，在慌亂、荒謬之中，逐漸梳理記憶與情緒。本文形式特殊，藉由行文的跳躍與斷裂，文字的衝突與轉換，抒發複雜的情感。最終，仍在看似荒謬的繁文縟節中，深刻呈現與父親的關係。

5.余秋雨著：〈南方的毀滅〉，收錄於《行者無疆》，臺北：時報，二〇〇一年。
龐貝，一個曾經發生恐怖災難的地方，當人們在面臨集體死亡的恐懼時，會有什麼反應？而我們，又該如何面對天災所帶來的毀滅？更何況歷史上許多重大的災難，其實是人類自己造成。本文雖是遊記，作者卻在遊歷中深入人類生死議題，獨具一格。

6.朱天心著：〈李家寶〉，收錄於《獵人們》，臺北：印刻，二〇〇五年。
作者鍾愛的白貓因失去主人關愛而自棄生命，引發作者悔恨與感傷，因深愛之，故自責之，讀之令人鼻酸。文中的「李家寶」雖是一隻貓，但作者因情感投注，使白貓不僅是一隻貓，更有了人性，也加深其個性。也因作者產生的愛戀之情，更加深了失去的張力。

7.普利摩・李維（Primo Levi）著，李淑珺譯，《滅頂與生還》（I sommersi e salvati），臺北：時報，二〇〇一年。
義大利化學家李維，在二次世界大戰時因猶太人的身分被關進集中營，歷經生死存亡，在戰後留下這部名著，從自身遭遇反省個人生存在大屠殺悲劇下的意義。

8.邁克爾・哈內克（Michael Haneke）執導：《愛・慕》（Amour），電影，法國、德國、奧地利，二〇一二年。
當生命的存活與尊嚴衝突時，該如何取捨？所謂的愛，是不離不棄，還是同歸於盡？關於生命與死亡的課題，除了沉重，其實更值得我們深思。而愛情的極致，該如何為對方著想，也是重要的課題。

9.Alejandro Amenábar 執導：《點燃生命之海》（Mar adentro / The Sea Inside），西班牙，二〇〇五年。

原片名「Mar」是西班牙文「海洋」的意思，全片也多次出現海的鏡頭。男主角勒蒙（Ramon）小時因意外全身癱瘓，受其父兄照顧，然三十年後死意甚堅，他不是對人生失望，也並非失去愛人的心，反而是對家人的關愛與體諒。片中愛上男主角勒蒙（Ramon）的兩位女性朱莉亞（Julia）和蘿莎（Rosa），兩人與男主角「交往」的過程中各有不同的心情反應和轉變，可促使我們在「安樂死」的議題中，進一步思考生命的價值與意義。

10. 克勞德・雷路許（Claude Lelouch）執導：《偶然與巧合》（Hasards ou Coincidence），法國，一九九八年。

片中不斷地觸及「生／死」、「眞實／虛幻」間的對比、衝突、交錯甚至融合的過程。如果說生命中的許多故事是偶然與巧合造成，但這許多偶然與巧合卻又很像是冥冥中早已註定。「死亡」如果是每個人終將經歷而得知自己存在的必然方式，所以對人生具有極大的張力；則「愛情」或許是另一個，人之所以能體悟自身存在的應然方式，「死亡」與「愛情」竟有著許多相似之處。

11. 張藝謀執導：《活著》，中國，一九九四年。

主角歷經中國近現代多個時代，從清末民初，中國國民黨統治大陸，到國共內戰，中國共產黨統治中國，到文化大革命時期。在家國磨難中坎坷前行，走過多個政治運動，雖然父親、母親、兒子、女兒相繼離開人世，但始終頑強活著。大時代背景下的小人物，生命的渺小與歷史的對照，發人省思。

第8單元　題目：

系　學號：

姓名：